旧家の熟れ嫁

早瀬真人
Mahito Hayase

イースト・プレス 悦文庫

目次

旧家の熟れ嫁

プロローグ

「あ……あぁン」

草木も眠る丑三《うしみ》つ時、桐生颯太《きりゅうそうた》はトイレで用を足したあと、微《かす》かに洩《も》れ聞こえる喘《あえ》ぎ声にハッとした。

なまめかしい声音は廊下の奥、兄夫婦の部屋から聞こえてくる。

颯太はかぶりを振り、淫《みだ》らな光景を無理にでも頭から追い払った。

（新婚なんだから……当たり前のことじゃないか）

兄嫁の小夜子《さよこ》は同じ県にある小さな町の出身で、三年前に与間井村《よまいむら》の中学校に赴任してきた。

清潔感溢《あふ》れるセミロングのボブヘア、涼しげな目元に小さな鼻、ふっくらした唇と、洗練された品のある容貌《ようぼう》に、当時中学生だった颯太は一瞬にして恋の虜《とりこ》と化した。

歳《とし》は八つも離れているが、いずれは独り立ちし、彼女を連れて村を出たいと本気で考えていたのである。

それだけに、兄の達彦《たつひこ》との結婚が決まったときは奈落《ならく》の底へ突き落とされるショックを受けた。

二人がいつから交際していたのか、まったく知らなかったため、まさに青天の霹靂《へきれき》だったのだ。

（よりによって、兄貴と……しかもこの家に嫁入りなんて、信じられないよ）

厳格で独裁的な父の源一郎《げんいちろう》、業の深い家系、いまだに気味の悪い因習が残る寂れた村。昔ならいざ知らず、今どきの若い女性が覚悟を決められるほどの好条件が揃《そろ》っているとは思えない。

小夜子の両親はすでに他界しており、結婚への憧《あこが》れが強かったのだろうか。

どう考えても、明るい幸福な家庭を築ける家ではないのだが……。

なんにしても兄と小夜子の結婚は、高校卒業と同時に村を離れる決意をより強固なものにした。

源一郎には頭ごなしに反対されたが、聞く耳を持たず、早朝には家出同然の覚悟で出奔するつもりだ。

当然のことながら、小夜子にはしばらく会えなくなる。

（いや、この村には二度と帰ってきたくないし、ひょっとすると……これが、今

生の別れになるかも）

後ろ髪を引かれる思いが、颯太の足を兄夫婦の寝室に向けさせた。

目を凝らせば、微かに開いた襖《ふすま》の隙間《すきま》から室内の明かりが漏れている。

「ン、はぁあぁっ」

艶《つや》っぽい声が耳朶《じだ》を打ち、心臓が張り裂けんばかりに高鳴った。

熱い血流が股間になだれこみ、男の分身がスウェットの下で重みを増した。

いけないことだとわかっていても、踏みだす足は止まらない。

忍び足で襖に近づいた颯太は、身を屈《かが》めて隙間に目を近づけた。

（あ、あ、ああっ!?）

驚愕《きょうがく》の光景を目の当《ま》たりにし、口をあんぐり開け放つ。

行灯《あんどん》風のスタンド照明が室内をぼんやり照らすなか、大股《おおまた》を開いた小夜子が男の腰を跨《また》がり、下腹部をもどかしげにくねらせていた。

パジャマの上着ははだけており、形のいい乳房がたゆんと揺れる。

下は何も身に着けておらず、股ぐらの奥で肉棒が上下に動いている様がはっきり見て取れた。

（す、すごい……あんなに足を開いて）

二十六歳の大人の女性とはいえ、慎ましやかな小夜子が背面騎乗位の体勢から快楽を貪《むさぼ》ろうとは……。

兄の達彦が羨《うらや》ましかった。

今すぐにでも取って代わり、ペニスを蜜壺の中に挿入したかった。

彼女はすでに昂奮《こうふん》状態にあるのか、額と頬《ほお》が汗で照り光り、切なげな表情から嗚咽《おえつ》を洩《も》らす。

「あ、ああ……い、いい」

悦の声が鼓膜を揺らした瞬間、颯太は内股の体勢から股間を握りしめた。

男の紋章が鉄の棒と化し、痛みを覚えるほど疼《うず》きだす。

膣の中はどんな感触を与え、どれほど気持ちいいものなのか。

できることなら、小夜子に童貞を奪ってほしかった。

この四年間、毎日のように彼女の裸体を思い浮かべては自慰行為で欲望を発散してきたのである。

妄想の中でしか見られなかった痴態を惜しげもなく披露しているのだから、少年の射精欲求は一足飛びに頂点まで駆けのぼった。

(あ、あ……も、もう出ちゃいそう)

両足に力を込めて踏ん張るも、若々しい精力の源は射出口を断続的にノックする。下腹部が甘美な鈍痛感に包まれた直後、小夜子の声が耳をつんざいた。

「突いて、突いてください……あ、ひぃいっ！」

達彦が何かを口走ったが、嬌声《きょうせい》に掻《か》き消されて聞き取れない。

逞《たくま》しい男根が猛烈な勢いで抜き差しを繰り返し、蠱惑《こわく》的な肢体がマリオネットさながら揺らめく。

「ああ、イクっ、イクっ、イッちゃいます！」

媚《こ》びを含んだ声、潤んだ瞳、快楽に歪《ゆが》む表情が颯太に峻烈《しゅんれつ》な刺激を与えた。

（く、ぐっ……だ、だめだ）

ストッパーが砕け散り、白濁の塊が輸精管に飛びこむ。哀れにも、少年はパンツの中に大量の精液を吐きだした。

「あ、あぁ……」

小夜子は満足げな吐息をこぼし、舌先で唇をなぞりあげる。

大量に放出したのか、目眩《めまい》を起こした颯太は襖の縁に頭をコツンとぶつけた。

我に返って身を引けば、音が聞こえたのか、室内の美女と視線が絡み合う。

（あ、あ、や、やばいっ！）

虚《うつ》ろな目に生気が甦《よみがえ》り、小夜子の顔が瞬時にして困惑に変わった。
見られた、覗《のぞ》き見がばれてしまった。
愚かな行為に臍《ほぞ》をかみ、恥ずかしさと情けなさに身が裂けそうになる。
颯太は股間を手で押さえたまま、逃げるように自室へ戻った。

第一章　巨乳熟女との一夜の過ち

1

　与間井村はO県南東部の山間に位置し、最寄りの空港から在来線に乗り換えて二時間弱、さらにはバスで三十分かかる場所にある。

　達彦の体調が思わしくないという報《しら》せを受けた颯太は、七年ぶりに故郷の土を踏み、彼が入院している診療所を訪れた。

　兄は去年の春先に胃潰瘍を患い、入退院を繰り返していたらしい。

　父の源一郎とは違い、おっとりした穏やかな性格で、子供の頃は九つ上の兄を慕い、よき相談相手になってくれた。

　村には二度と帰らぬつもりだったが、悪化の一途をたどっていると聞けば、さすがに無視できない。

　前日の五月一日の夜に帰郷した颯太は村外れにある朝井《あさい》旅館に逗留《とうりゅう》し、次の日の午後に小夜子と病室で落ち合う約束を取りつけたのである。

見舞いの帰り道、二人は肩を並べて旅館までの砂利道を歩いた。

「兄さん、あんなに悪くなってるなんて……知らなかったよ。町の大きな病院に移したほうがいいんじゃない？」

「お義父《とう》様が……その必要はないって仰《おっしゃ》ったの」

「……え？」

「瀬川《せがわ》先生は腕がいいから、必ず治してくれるって……」

いくら優秀な医者でも、設備の整っていない診療所では限界がある。

（あのクソ親父《おやじ》……相変わらず、好き勝手なことやってるみたいだな）

桐生家は先祖代々、庄屋として村の自治一般を司《つかさど》り、大地主でもあるため、絶大な権力を誇ってきた。

祖父の竜太郎《りゅうたろう》も源一郎も我が強く、村人の中で彼らに意見する者など一人もいなかった。

苦々しい顔をしたとたん、忌まわしい過去の記憶が甦る。

中学に進学する直前まで、桐生家には祖父と祖母の他、二人の妾《めかけ》が屋敷に住んでいた。

四人は老衰で次々に他界したが、家族間のトラブルが絶えず、悲しみに暮れる実母を目の当たりにして育ってきたのだ。

母は精神に異常を来し、颯太が中学一年のときに自ら命を絶った。

源一郎は母が亡くなっても涙ひとつ見せることなく、その後も傍若無人の振る舞いは変わらなかった。

家庭環境が劣悪なのは紛れもなく、長男は四歳で水死、次男は二歳で突然死、三男の達彦まで病に罹《かか》ったのだから、何かしらの見えない力が働いているとしか思えない。

まさに呪《のろ》われた家系であり、今の兄の状況を考えれば、やはり小夜子のことが心配だった。

（……大丈夫かな？）

横目で様子をうかがえば、兄嫁はなぜか優しげな笑みをたたえている。

美しいプロフィールに、理屈抜きで胸がときめいた。

気品に溢れた表情と雰囲気は、いい意味で昔と変わらない。

（いや、胸や腰回りは昔より肉感的になったし、多少はふっくらしたのかも。今は……三十三歳か）

女盛りの美女にしばし見とれ、悶々《もんもん》とした気持ちに苛《さいな》まれる。

小夜子が口を開くと、我に返った颯太は慌てて視線を前方に戻した。

「でも……びっくりしたわ、颯太くんから電話がかかってきたときは。あの人が入院したこと、誰から聞いたの？」

「実は……友希《ゆき》ちゃんとは頻繁に連絡だけは取り合ってたんだ」

三枝《さえぐさ》友希は颯太の従姉《いとこ》で、幼馴染《おさななじ》みでもある。

祖父の竜太郎は桐生家の家政婦に手を出し、三番目の愛人として寵愛《ちょうあい》した。妾の中で子供を産んだのは彼女だけで、男の子は勇治《ゆうじ》と名付けられ、分家というかたちで財産や家屋を与えたのだ。

源一郎にとっては腹違いの弟であり、現在は五十五歳。市役所に勤める実直な男で、同僚の女性と結婚して友希が生まれた。

彼女は颯太よりふたつ年上で、小夜子が村に来るまではなんでも気軽に話せる唯一の異性だったのだ。

「そう……友希ちゃんにお礼を言っておかないと。なんかホッとして……」

「……え？」

「颯太くんが帰ってきてくれて……やっぱり、不安だったから。仕事は、変わってないんでしょ?」

「あ、うん……小さな建設会社の現場作業員だよ」

「休みは、カレンダーどおり?」

「いや、八日の……日曜まで。二十九、三十日と仕事だったんで、休みが後ろにずれこんだんだ」

「そう、それなら、しばらくはこっちにいられるんでしょ?」

彼女が和やかな表情をしていたのは、自分の帰郷が多少なりとも安心感を与えたのかもしれない。

喜んでくれたのはうれしいが、颯太は明日の午前中に友希と会い、もう一度兄を見舞ってから帰京する予定でいた。

「そ、それは……」

困惑げに頭を掻いた直後、集会所が目に入り、ここぞとばかりに話を逸《そ》らす。

「あれ、新しくなってる」

「え? あ、ああ、前の建物は老朽化が進んでいたから」

「へえ、以前より大きくなって」

「お義父様がお金を出したのよ。村の人たちは、みんな感謝してるわ。すごく、きれいになったって」

「……そう」

源一郎は今でも変わらず、村の中で権力を振るっているようだ。

(人間て、やっぱり……七年ぐらいで変われるもんじゃないよな)

一瞬ムスッとしたものの、颯太はまたもや話題を変え、努めて明るい口調で言葉を続けた。

「そういえば、お姉さんに会ったよ。あの旅館で仲居をしてるなんて知らなかったから、びっくりしちゃって」

「ご、ごめんなさい……友希ちゃんから聞いたと思うけど、姉……いろいろとあったから」

一年前に離婚した静江《しずえ》は五歳の一人娘を連れ、唯一の身内である小夜子を頼って与間井村に来たらしい。

アーモンド形の目、すっきりした鼻梁《びりょう》、薄くも厚くもない上品な唇。三十八歳の熟女は、口元の艶ボクロと着物の上からでもわかる巨乳が男心を惑わせる魅力的な女性だ。

彼女と顔を合わせるのは兄夫婦の結婚式以来、七年ぶりのことだった。

（ホントに色っぽくて、美人姉妹だよな）

朝井旅館が近づいてくると、玄関口のガラス戸が開き、静江の娘、天音《あまね》が飛びだしてくる。

「叔母ちゃん！」

小夜子はすかさず腰を落とし、愛くるしい少女を愛《いと》おしそうに抱きしめた。

姪《めい》がよほどかわいいのか、彼女は目を細めて髪や背中を撫《な》でさする。

（兄さんは子供の頃からあまり丈夫じゃなかったし、それが原因で……子供はできなかったのかな）

繊細な問題だけに、もちろん気軽には聞けない。

「叔母ちゃん、今日も泊まってくんでしょ？」

「ふふ、先週、泊まったばかりでしょ？　また今度ね」

「そうなんだ……じゃ、遊んで」

「そうしたいんだけど、今日は用事があって、おうちに帰らなきゃならないの」

「やだやだ」

駄々をこねる少女の声が聞こえたのか、静江が旅館から出てきてたしなめる。

「無茶を言ったら、だめよ。叔母ちゃんは忙しいんだから。さ、中に入りなさい」

天音は頬を膨らませるも、言いつけどおりに館内へ戻っていく。

姉はにこやかな顔で見送ったあと、真顔で妹に問いかけた。

「達彦さんの具合、どうなの？」

「ええ、あまり変わりはないみたい」

「あの診療所で……大丈夫なのかしら？」

自分と同じく、静江も不安に思っているようだが、小夜子はただ苦笑するだけで何も答えない。

（桐生家のことは義姉《ねえ》さんから聞いてるはずだけど、やっぱりピンとこないのかもしれないな。あまりにも浮世離れしてるし……）

仕方なく助け船を出そうとしたところ、今度は女将《おかみ》の久野木美津子《くのきみつこ》が顔を覗かせた。

「あら、帰ってきたのね」

旅館を切り盛りする美津子は十四年前に夫を亡くし、高校生の一人息子は県外の全寮制の高校に進学している。

年齢は、今年で四十三か。

切れ長の目に厚ぼったい唇が悩ましく、静江に勝るとも劣らぬグラマラスな身体つきが目を惹《ひ》く女性だ。

三人の美女に囲まれ、意識せずとも胸がざわついた。

(兄さんの見舞いに来たのに、鼻の下を伸ばしてる場合じゃないぞ)

時の氏神とばかりに、颯太は美津子に話を振った。

「あの、昨日も伝えたんですけど、ぼくがこの村に帰ってきてることは親父には内緒にしてくださいね」

「わかってるわよ……でも、ホントに実家には寄らずに帰るつもりなの?」

「ええ、まあ……」

小声で答えたものの、会話が耳に届いたのか、小夜子が寂しげに目を伏せる。

颯太は腹を手で押さえ、おどけたポーズで場を和ませた。

「それよりも、お腹《なか》がぺこぺこですよ」

「ふふっ、おいしいもの、たくさん用意してるからね。静江さん、手伝ってちょうだい」

「は、はい……小夜子、気をつけて帰ってね」

「……うん。女将さん、颯太くんのこと、よろしくお願いします」

「ええ、まかしといて」

「それじゃ、明日の一時、診療所の前で待ってるわ。予定の変更があったら、連絡してちょうだい」

「うん……わかった」

小夜子は美津子に頭を軽く下げ、にこりともせずに俯《うつむ》き加減で歩きだす。

悲しげな後ろ姿に、胸の奥がチクリと痛んだ。

実の息子でさえ、里帰りを憚《はばか》るほどの家なのである。

(どうして……あんな家に嫁入りなんてしたんだよ)

気弱な達彦が父から独立できないことはわかっていたが、いまだに納得できない。彼女は、それほど兄を愛しているのだろうか。

(だとしても、今の状況じゃ……)

得体の知れない不安が忍び寄り、颯太は浮かぬ顔で静江や美津子とともに旅館に入っていった。

2

(さてと……もうひと風呂《ふろ》浴びて、寝るとするかな)

朝井旅館の裏手には、渓谷を一望できる眺めのいい露天風呂がある。明日中に帰京するなら、やはりもう一度だけ入湯しておきたかった。

(川のせせらぎを聞きながら露天風呂に入るのも、オツなもんじゃないか。それにしても……)

ゴールデンウイークが始まったというのに、宿泊客が自分だけとは……。辺鄙《へんぴ》な田舎を訪れる観光客がいるとは思えないが、こんな閑散とした状況で経営が成り立つのか。

「もしかすると、潰《つぶ》れてるんじゃないかと思ったんだけど」

テレビを消してハンガースタンドに歩み寄り、タオルを手にしたところで部屋の扉がノックされる。

(だ、誰だ？　こんな時間に……)

里帰りしたことを知っている人間は限られており、ましてや時刻は午後十時を過ぎているのだ。

「は、はい」

訝《いぶか》しげに答えれば、扉の向こうから柔らかい声音が聞こえてきた。

「静江です……ちょっと、いいですか？」

「静江さん？」

バツイチの美熟女が、なんの目的で来訪したのか。

「ちょっ、ちょっと待ってください」

浴衣の衿元《えりもと》を整え、首を傾《かし》げて部屋の出入り口に向かう。

扉を開けると、まだ仕事中なのか、藤色の着物を着た静江が伏し目がちに佇《たたず》んでいた。

「ど、どうしたんですか？」

「少し、中でお話……いいかしら」

「あ、はい、それはかまいませんけど……だ、大丈夫なんですか？」

いくら親戚とはいえ、仲居が客の部屋で私的な話をするのはまずいのではないか。

「お、女将さんは？」

「え、ええ、なんか具合が悪いって、寝てるの。だから、ちょっとぐらいなら平気よ」

「……そうですか。ま、どうぞ」

多少なりとも安堵《あんど》し、はにかみながら室内に促せば、静江はややためらいがちに入室した。

「天音ちゃんは、もう寝たんですか？」

「え？　え、ええ」

着物の布地が張り裂けそうなヒップに目が釘《くぎ》づけになり、男の証《あかし》がいやが上にも反応する。

（い、いかん……余計なこと、考えるなよ）

無理にでも自制するも、和テーブルの横には布団が敷かれているだけに、意識するなというほうが無理な話だった。

「ちょっと、お酒でも飲みましょうか？」

「へ？　は、はあ、それはかまわないですけど……」

「お代は、こちらでつけておきますから」

静江はそのまま小型の冷蔵庫に歩み寄り、中から缶ビールを取りだす。

彼女とじっくり話した機会は一度もないため、性格はよくわからないが、昨日や先ほどまでの控えめな態度とは明らかに違う。

「ごめんなさいね。寝るとこだったんじゃない？」

「いえ、露天に行こうかと思ってたんですよ」

「そ、そう」

静江はグラスに注いだビールを差しだし、目元をポッと赤らめた。

緊張しているのか、それとも気が昂《たかぶ》っているのか。ドギマギした様子に、颯太自身も意識してしまう。

「静江さんも飲んでくださいよ、さっ」

「あ、は、はい」

缶ビールを取りあげ、新しいグラスに注いでから乾杯すれば、よほど喉が渇いていたのか、彼女は一気に飲み干した。

「ふわぁ、けっこうイケる口なんですね」

「今日は、午後に入ってから暑かったから……恥ずかしいわ」

「ま、飲みましょう」

緊張感がやや和らぎ、ようやく口元がほころぶ。テーブルを挟んで座椅子に腰かけると、颯太はあえておっとりした口調で問いかけた。

「ちょうど一年前、こっちに来たんですよね。ここの生活は、どうですか？」

「ええ、村の人たちはみんな優しいし、よくしてもらってるわ。緑も多いし、心が安まるというか……天音も喜んでるのよ」

住みこみとはいえ、寂れた旅館で親子二人が暮らしていける収入を得られるのだろうか。

(もしかすると、義姉さんが助けてるのかな？)

静江は小さな溜《た》め息をつき、とつとつと語りはじめる。

「元夫……事業に失敗して……多額の借金を作っちゃって……それまではギャンブルや浮気癖も……ひどかったの」

「そ、そうだったんですか、いや、詳しくは聞いてなかったので……」

「私……人に頼らないと生きていけないタイプだし……小夜子はもちろん、桐生家にもいろいろ手を回してもらって、とても感謝してるわ」

仲居の仕事を紹介したのは達彦で、金銭的な援助もしているのかもしれない。

(兄さんは、親父と違って優しいからな)

納得げに頷《うなず》いたあと、静江は上目遣いに潤んだ瞳を向けてきた。

「この村に来る直前は、どうしたらいいのかわからなくて……何度も死のうかと思ったのよ」

よほどつらい目に遭ったのか、熟女はひと雫《しずく》の涙をこぼす。美人だけに庇護《ひご》欲がそそられ、颯太は抱きしめたい衝動を必死に堪《こら》えた。

明日になれば、自分はこの村をあとにするのだ。姑息な手段で慰めたところで、なんの意味があるのか。

それでも熟女の魅力に抗《あらが》えず、ビールを半分ほど飲んでから腰を上げる。

「いや、ホントに今日は暑いですね。ちょっと、空気を入れ換えましょう」

窓に歩み寄った瞬間、砂利道を歩いてくる人物が目に入り、颯太は慌てて壁際に身を潜めた。

(あ、あれ……あの人)

首を伸ばして確認すれば、背の高い細面の男は友希の父、三枝勇治に違いなかった。

夜遅い時間帯に、なんの用事があって出歩いているのだろう。

(ま、まさか……俺が村に帰ってきたこと、友希ちゃんから聞いたんじゃ)

心臓が萎縮《いしゅく》し、顔をしかめる。

叔父と接点を持つのは問題ないのだが、できることなら、父の息のかかった人間とは顔を合わせたくない。

「どうしたの？」

「……しっ！」

人差し指を口に当てると、静江も腰を上げ、ゆっくり近づいてきた。

「あ……勇治さん」

「俺が帰ってきたこと、誰かから聞いたのかな。瀬川先生にも、口止めしといたんだけど……」

「颯太くん目当てで……来たんじゃないわ」

「え、どういうこと？」

「女将さんよ」

「はあ？」

静江が気まずい顔をするなか、勇治は旅館の玄関を通り過ぎ、あたりを見回してから建物の裏手に回る。

挙動不審の態度を見れば、確かに甥《おい》を訪ねてきたとは思えない。

「ど、どういうこと？」

振り返りざま問いかけると、熟女は困惑げに唇をたわめた。

「実は……女将さんに頼まれたの。颯太くんが部屋から出ないよう、引き留めておいてくれって」

「ま、まさか……ひょっとして、夜這《よば》い？」

この村には古くから男が女の閨《ねや》に通う風習があり、昭和の終わりまで頻繁に行われていたらしい。

与間井村はそもそも夜這い村と呼ばれていたそうだが、まさか生真面目《きまじめ》な性格の叔父が未亡人のもとに忍んでこようとは……。

「し、信じられない。いったい、いつから……」

「私がここに来たときは、週一のペースで訪問してたわ。今日は、露天風呂で会うみたい」

「でも俺が村にいたとき、叔父は愛妻家で通ってたんですよ。浮いた話はひとつもなかったし……」

口角泡を飛ばして訴えると、彼女はバツが悪そうに目を逸らす。

「何かしらの理由があるんですね？」

「それは……」

「教えてくださいよ。どういうことですか？」

真剣な顔つきで迫れば、熟女は観念したかのように肩を落とした。

「私も又聞きだから、真相はわからないけど……」

「それでもいいです！」

「私が言ったということは、絶対に内緒にしてね。ここにいられなくなるから」

「も、もちろんです！」

「去年の春先まで……女将さんの相手をしていたのは……あなたのお父さんらしいの」

「え、ええっ！」

「年齢的に厳しくなったとかで、愛人契約を弟さんに移したと聞いたわ」

祖父の竜太郎が愛人を何人も囲っていたのだから、源一郎が同じ行為に及んだとしてもおかしくない。

もしやとは思っていたが、まさか旅館の女将と関係を結んでいたとは……。

(しかも、愛人契約を弟に押しつけるなんて……滅茶苦茶《めちゃくちゃ》じゃないか)

桐生家の援助があるからこそ、朝井旅館は潰れずにやってこられたのだ。

叔父は腹違いの負い目から、兄の源一郎に頭が上がらない。

（いやいや引き受けるしかなかったんだろうけど、あの実直な叔父さんが浮気するなんて想像つかないよ）

どうしても確かめたい思いに駆られた颯太は、浴衣姿のまま部屋の出入り口に向かった。

3

「あ、颯太くん、どこ行くの!?」

静江の問いかけには答えず、部屋を飛びだすや、二階のいちばん端にある布団部屋に突き進む。

子供の頃、祖父に連れられて、何度かこの旅館に遊びに来たことがある。

当時の記憶が確かなら、あの部屋から露天風呂が覗けたはずだ。

颯太は布団部屋の扉を開け、真正面の窓に駆け寄った。

幸いにも窓は微かに開いており、隙間に顔を寄せれば、雑木林がちょうど途切れ、竹塀に囲まれた露天風呂の向こう半分がはっきり確認できた。

（見える……見えるぞ！）

距離は、二十メートルほど離れているか。

夜風が湯煙をたなびかせ、ふたつの人影を浮かびあがらせる。美津子と勇治が湯殿の縁に腰かけ、今まさに熱い口づけを交わそうとしていた。

（あ、あ、う、嘘《うそ》だろ。あの叔父さんが……）

浅黒い手が豊満な乳房を揉《も》みしだき、しなやかな指がいきり勃《た》つペニスに絡みつく。

互いに唇を貪り合う姿は、すでに性的な昂奮状態にあるとしか思えない。

勇治の顔はすでに真っ赤に染まり、鼻の穴が目いっぱい開いていた。

「すごいわ、もうコチコチ」

「もう我慢できない。しゃぶってください」

耳を澄ませば、会話の内容もはっきり届き、知らずしらずのうちに生唾を飲みこむ。

叔父と共鳴するかのごとく、淫虐《いんぎゃく》な血が騒ぎだし、条件反射とばかりに熱い血液が海綿体を満たしていった。

勇治が立ちあがり、そそり勃つ怒張をクンと突きだす。

（け、けっこう、でかいんじゃないかっ！）

巨根は桐生家男子の血筋なのか、瘦軀《そうく》からは想像できぬ昂りに啞然《あぜん》とした直後、美津子はうっとりした顔でペニスに唇を近づけた。

赤黒い肉の塊を握りしめ、裏茎に沿ってソフトなキスが繰り返される。舌が雁《かり》首《くび》をなぞりあげると、勇治はさも気持ちよさそうに呻《うめ》いた。

「あ、むうっ」

「そんなにしてほしい？」

「た、頼みますよ……ここのところ、仕事が忙しくて溜まってて」

「ふふっ、たっぷりしゃぶってあげる」

美津子は男の分身を根元まで咥《くわ》えこみ、口唇の端から大量の涎《よだれ》を滴らせる。そして顔をゆったり引きあげたあと、しょっぱなから大きなストロークで剛槍に唇をすべらせた。

ずちゅ、ずちゅ、ずぴゅっ、じゅる、ずちゅん、ギュパパパッ！

派手な吸茎音が夜のしじまを切り裂き、顔が残像を起こすほどのバキューム
フェラに愕然とする。

（あ、あ……すげえや）

叔父は苦悶に口を歪め、腰を切なげにくねらせた。

淫靡《いんび》な光景に牡《おす》の本能が刺激され、顔がカッカッと火照りだす。

下腹部全体が甘ったるい感覚に包まれ、男の紋章が瞬時にして反り返る。

「ああ、女将さん……気持ちいい、気持ちいいよ」

「ンっ、ンっ、ンっ」

美津子は鼻からくぐもった吐息を放ち、顔の打ち振りをさらに速めた。

勇治が太腿《ふともも》の筋肉をひくつかせ、眉間《みけん》に皺《しわ》を刻んで裏返った声をあげる。

「あ、ぐ、くう……そ、そんなに激しくしたら、出ちゃいます」

女将はすかさず剛直を口から抜き取り、甘く睨《にら》みつけた。

「しょうがない人ね……こんな立派なモノを持ってるのに、もう少し我慢できないの？」

「す、すみません」

「いいわ、今度は私のを舐《な》めて」

熟女が指示を出して大股を広げるや、颯太は目を剝《む》いて身を乗りだした。

(女将さんのおマ×コ……あっ!?)

勇治が美津子の前面に回り、腰を落として湯船に浸《つ》かる。

肝心の箇所は頭に遮られ、顔をいくら傾けても見えるはずがなかった。

（ちっくしょう！　でも……）

二人の様子を目にする限り、主導権は女将が握っているとしか思えない。それだけ源一郎の威光が強いのか、単に勇治がおとなしい性格のせいか。いずれにしても、男尊女卑の風潮がいまだに残る村で、ひとまわりも年下の女が男をリードする姿は異様に映った。

（俺が村を離れてるあいだに、多少なりとも女が強くなったのかな？）

勇治は股の付け根に顔を埋《うず》め、懸命に舌を使っているらしい。美津子は後ろ手をつき、肉づきのいい上半身を軟体動物のようにくねらせた。

よほど気持ちいいのか、眉尻《まゆじり》を下げ、微かに開いた口から湿った吐息がこぼれだす。

「はあっ、いい、いいわぁ……もっと、もっとよ」

みだりがましい姿に男心がくすぐられ、浴衣の下の肉棒が極限までしなった。

（くそっ……俺も溜まってるもんなぁ）

東京は美しい女性が多いが、田舎者という負い目から気軽に声をかける度胸はなく、しかも男性ばかりの職場では異性との出会いがない。

出会い系サイトに登録し、何人かの女性と顔を合わせたものの、口下手のせいか、二度目のデートまでこぎつけることすらできなかった。

先輩に誘われ、風俗で初体験は済ませたが、いまだに素人童貞なのだ。

（ソープ嬢とセックスしたときは避妊具を着けてたし、生のおマ×コを味わったことはないんだよな）

胸の奥が悶々とし、無意識のうちに手が股間に伸びる。

硬直を握りしめれば、牡の肉は熱い脈を打ち、漲《みなぎ》る芯《しん》がズキズキと疼いた。

「舐めて、もっと舐めて……あぁ、そう……おつゆを舌先に絡めて、ムケてるお豆に塗って、突いたりこそいだりするの」

なんていやらしい言葉を投げかけるのだろう。

女盛りの熟女は官能の世界にどっぷり浸り、己の欲望を臆《おく》することなくさらけ出す。

（くうっ……やばい、キンタマの中でザーメンが荒れ狂ってる！）

油断すれば、すぐにでも射精へのカウントダウンが始まってしまいそうだ。

颯太は男根を拳《こぶし》で押しつけ、ギラギラした眼差しを二人に注いだ。

熱い湯にのぼせたのか、勇治が立ちあがり、身をふらつかせる。

「はあはあっ、も、もう……」

「いやだわ……もう少し我慢できないの？」

女将は不満の声を洩らし、仕方ないといった表情で腰を上げる。そして体位を入れ替え、勇治を湯殿の縁に座らせてから腰を大きく跨いだ。

（や、やるのか!?）

たわわに実ったヒップがぶるんと揺れ、臀裂《でんれつ》の下方からすっかりほころびた女陰が微かに覗く。

美津子は垂直に立たせた怒張を割れ目にあてがい、腰をゆっくり沈めていった。

茜色《あかねいろ》の亀頭が陰唇を押し開き、蜜壺の中に埋めこまれる。

（あ……入っちゃう）

雁首が膣口をくぐり抜けるや、肉筒は膣道を突き進み、あっという間に根元まで埋没した。

「あ、はあぁぁっ」

甲高い嬌声がこだまし、色白の肌が桜色に染まる。

熟女はしばしスローテンポのスライドを繰り返したあと、猛烈な勢いで腰を打ち振った。

（あ、あ……す、すげえ）

双臀がババロアのごとく揺れ、しなるペニスが膣内への出し入れを繰り返す。肉胴が妖《あや》しい照り輝きを放ち、大量の愛液が湧出《ゆうしゅつ》しているのか、早くも半透明の泡状と化して根元にへばりついた。

バチンバチーンと、ヒップが太腿を打ち鳴らす。アップにしていた髪がほどけても意に介さず、腰を大きく回転させては快楽を貪り狂う。

「ああ、そんなに激しくしたら、もう我慢できないですっ！」

「何、言ってるの！　私は、まだ全然楽しんでないんだから！　我慢して！　我慢するの!!」

「ぐ、ぐふぁ」

四十路《よそじ》を過ぎた未亡人の欲求は、これほど凄《すさ》まじいものなのか。

呆気《あっけ》に取られる一方、内から迫りあがる淫情を抑えられない。

トランクスの裏地は先走りの汁でベトベトになり、いつ暴発しても不思議ではない状況なのだ。

このままパンツを引き下ろし、剛直を心ゆくまでしごこうか。

性衝動の赴くまま、浴衣の合わせ目を開こうとした刹那《せつな》、背後から伸びた手が腕をそっと摑《つか》んだ。

4

（……あ）

肩越しに振り返れば、静江が気まずげな表情で佇んでいる。

「颯太くん、戻りましょ……女将さんに見つかったら、私も困るわ」

いつから、布団部屋にいたのだろう。

美津子と勇治の痴態が視界に入ったのか、巨乳の熟女は目元を紅潮させ、声も完全に上ずっていた。

離婚して一年余り、彼女は男と一度も接しておらず、夜鳴きする身を一人で慰めているのではないか。

都合のいい思考が脳裏を支配し、目つきが鋭さを増した。

「お、お姉さん！」

「……あっ」

いきなり抱きつけば、静江は大きくよろけ、重ね置きしてある敷き布団に寄りかかる。

「きゃっ」

理性は少しも働かず、颯太は崩れ落ちた布団の上に美熟女を押し倒した。

「お、俺、も、もう……」

「だめ、だめよっ！」

静江は胸を押し返し、顔を振ってキスを躱《かわ》す。それでも獰猛《どうもう》な性欲は怯《ひる》まず、口をグイグイ突きだした。

「だめだったら……」

「どうしてですか？　兄貴の嫁さんのお姉さんだからですか!?」

「そ、そうよ」

「血は繋《つな》がってないじゃないですか！」

「だからって……あっ」

手を払って唇を奪い、股間の昂りを下腹に押しつける。それだけの行為でペニスがひりつき、脳細胞が歓喜の渦に巻きこまれた。

彼女は口を閉じ、拒絶の姿勢を示すも、首筋から柑橘《かんきつ》系にも似た発情臭がムンムン立ちのぼる。

キスの最中に着物の裾《すそ》をはだけさせれば、量感をたっぷりたたえた太腿が視界に入り、あこぎな欲望にさらなる拍車をかけた。

「ン、ン、ンふうっ！」

静江は手首を摑んで制するも、男の力には敵《かな》わない。

もっちりした美脚の弾力感をたっぷり味わったあと、満を持してヒップに手をすべらせる。次の瞬間、颯太は驚きのあまり、顔を上げて咆哮《ほうこう》した。

「あ、あ、パンティ、穿《は》いてない！」

「や、やぁぁっ」

「ど、どうしてノーパンなんですか!?」

「き、着物を着るときは、いつも穿いてないの……普通のことよ」

恥じらう仕草に胸がときめき、怒張が限界ギリギリまで張りつめる。

颯太はふんわりした肉の丘陵を撫でまわし、はたまた尻たぶをギュッギュッと鷲摑《わしづか》んだ。

「だめよ、それ以上は……あンっ！」

バツイチ熟女はやはり性的な欲求を抱えていたのか、色っぽい声を発して腰をくねらす。

上体が弓なりに反ったところで、颯太は手をヒップから前面部に回した。

「……あっ!?」

静江は慌てて足を狭めたが、指先はひと足先に肉の尾根をとらえる。

ぬめぬめした感触に驚いたのも束《つか》の間、愛蜜がぷちゅんと跳ね、奇妙な呻き声が聴覚を刺激した。

「い、ひっ！」

とたんに熟女は身体の動きを止め、細眉をくしゃりとたわめる。

労せずして指先を蠢《うごめ》かせると、くちゅくちゅと卑猥《ひわい》な音が響き、えも言われぬ高揚感が身を包みこんだ。

風俗では基本的に受け身で、積極的に仕掛けた経験は一度もない。

自分の拙い指技で熟女が愛液を溢れさせているのだから、男としての自信が漲り、同時に征服願望が込みあげる。

颯太は欲望の赴くまま、何度も妄想してきた言葉責めを繰りだした。

「なんですか、この音」

静江は顔を背けて答えず、唇を嚙《か》みしめるばかりだ。

羞恥《しゅうち》に耐える姿が嗜虐《しぎゃく》心に火をつけ、指先を上下左右に跳ね躍らせる。

濁音混じりの水音が鼓膜を揺らすたびに、性の悦《よろこ》びが身を覆い尽くした。

（す、すげえや……愛液が次々と溢れてくる）

やはり男日照りが続いていたのか、それともマゾヒスティックなシチュエーションが性的な昂奮を促したのか。

今や肉びらはぱっくり開き、しっぽり濡れた内粘膜が指先をキュンキュン締めつける。ここぞとばかりに頂点の肉芽をいらえば、美熟女は白い喉を晒《さら》し、両足をピンと伸ばした。

（やっぱり、クリトリスがいちばん感じるんだな！）

性感をのっぴきならぬ状況に追いつめるべく、一心不乱に指先をそよがせ、ぷっくり膨れた肉豆を集中的にあやす。

「聞こえてますよね、エッチな音！　なんで、こんなに濡れてるんですか？　答えてください！」

指のスライドを加速させるも、彼女の様子は依然として変わらない。ならばと、颯太は指腹を陰核に押しつけてグリグリこねまわした。

「……あっ」

胸の起伏が激しくなり、眉根を寄せて敷き布団に爪《つめ》を立てる。

（感じてる、感じてるんだっ！）

やる気を漲らせ、さらに指の抽送を速めようとした瞬間、股間の中心に甘美な性電流が走り抜けた。

静江が手を伸ばし、浴衣の上からペニスを握りしめたのだ。

「おっ、ふっ」

ペニスがドクンと脈動し、とっさに肛門括約筋を引き締める。

素人童貞を捨てる前に、暴発するわけにはいかない。

（おっ……チ×ポを弄《いじ》りまわしてる）

静江は目をうっすら開け、媚びた眼差《まなざ》しを向けてくる。頬を真っ赤に染め、舌先で唇をなぞる仕草がハートを矢のごとく貫いた。

「う……ふンっ」

美熟女はなまめかしい吐息を放ち、身を起こしざま胸を押し返す。

「……あ」

不意を突かれて仰向《あおむ》けに寝転ぶと、女豹《めひょう》のように襲いかかり、浴衣の前合わせを強引に割り開いた。

「ちょっ……な、何を？」

「悪い人、いつもこんなふうに迫ってるの？」

「いや、そんなことは……ないです」

「責任、取ってもらうから」

「責任って……」

「私の身体に火をつけた責任よ」

しなやかな指がトランクスを引き下ろし、猛《たけ》り狂う鋼の蛮刀がぶるんと弾《はじ》けでる。前触れの液が扇状に翻り、卒倒しそうなほど恥ずかしかった。

「ああ、すごい……もう出ちゃってる」

「そんな、いきなり……」

「今さら、何言ってるの。自分から誘っといて」

「はうぅっ」

静江は目をしっとり潤ませ、身を屈《かが》めてペニスを左右の頬になすりつける。

「はあっ……懐かしい匂いだわ」

予想どおり、男と接するのは久方ぶりらしい。彼女は肉筒の横べりを何度もキスし、やがて裏茎に紅色の舌を這わせていった。

「お、おおっ」

背筋がゾクゾクし、身を硬直させて足を突っ張らせる。期待と緊張に身構えるなか、静江はさもうれしげな表情で男根を咥えこんだ。

「お、おおっ」

柔らかい肉厚の粘膜が、宝冠部をしっぽり包みこむ。ぬくぬくの感触に続いてペニスが吸いたてられ、ズズズッと喉の奥まで呑《の》みこまれる。

「はうっ」

頬をぺこんと窄《すぼ》め、鼻の下をだらしなく伸ばした容貌がとてつもなく煽情《せんじょう》的だった。

（ああっ……こっちもディープスロートだ）

婚姻歴のあるアラフォーの熟女なら、この程度の性技は当たり前のことなのかもしれない。

小夜子も兄相手に、淫らなフェラチオで悦びを与えてきたのだろうか。

七年前の媚態《びたい》が頭を掠《かす》めるも、颯太は目の前の口戯に神経を集中させた。

今は、素人童貞を喪失できるか否かの重大な局面なのだ。

（まさか、相手が静江さんだとは思わなかったけど）

どんなに望んでも、恋人の一人すらできなかったのに、過去に一度だけ顔を合わせた女性と性的な関係に至っているのだから、男と女は不思議なものだ。

静江は顔のスライドを開始し、猛烈な吸引力で剛直を唾液ごと啜《すす》りあげた。

じゅっじゅっ、じゅるっじゅるっ、じゅぷぷぷっ、じゅぱぱぱっ！

ペニスが根元からもぎ取られそうな奉仕に目を剝き、激しく身悶《みもだ》える。

今度は颯太が布団に爪を立て、必死の形相で放出願望を堪えた。

（あぁっ……口の中、あったかい、気持ちいいよぉ）

艶やかな唇が胴体を往復するたびに、脳幹が快楽一色に染められる。

両足は早くもひくつき、白濁の塊がうねりくねっては射出口に集中した。

（が、我慢、我慢だぁ！）

奥歯を嚙みしめて耐え忍ぶも、熟女は首をローリングさせ、きりもみ状の刺激を吹きこむ。

「あ、ご、ごおっ」

巧緻《こうち》を極めたテクニックに自制心が吹き飛び、臀部が小さなバウンドを繰り返した。

しかも、手のひらで陰嚢《いんのう》を優しく転がしてくるのだからたまらない。煮え滾った思いが器から溢れだし、泣きそうな顔で我慢の限界を訴える。

「あ、ちょっ、も、もう……」

静江は口からペニスをちゅぽんと抜き取り、甘くねめつけた。

「だめよ、こんなんでイッたら」

女将と同じセリフを言い放ち、身を起こして乱れた髪を手櫛《てぐし》で整える。

「立って」

「はあはあ……えっ？」

「部屋に戻りましょ、あそこなら、女将さんは入ってこないから」

言われるがまま腰を上げると、露天風呂がいやでも視界に入り、湯殿の縁に手をついた美津子が豊満尻を突きだしていた。

勇治は腰を手で支え、バックから男根をガンガン突きたてる。

「あぁ、そう、そうよ！　もっと、もっと突いてぇっ!!」

「まだ……やってんだ……はあぁ」

感嘆の溜め息を洩らした直後、静江は男根を握りしめて出入り口に向かった。

「……あ」

膝元《ひざもと》まで下ろされた下着を手で摑み、たどたどしい足取りで布団部屋をあとにする。

浴衣は前が完全にはだけ、なんとも情けない恰好《かっこう》だが、今はそんなことを気にしている暇はない。

部屋に戻るや、静江は自ら帯をほどき、藤色の着物を脱ぎはじめた。

「あなたも早く脱いで」

「え……あ、は、はい」

インターバルを空けても、牡の情欲は衰えず、ペニスはギンギンの状態だ。

さっそく帯を外して浴衣を脱ぎ捨て、トランクスを足首から抜き取れば、唾液で濡れ光る肉棒がブンブンと頭を振った。

「う、むむっ」

背後から忍び寄った熟女に唇を奪われ、大口を開けたとたんに舌を搦《から》め捕られる。食べられてしまうのではないかと錯覚するほどのキスに驚愕する最中、薄目を開けて確認すると、彼女も全裸の状態で、張りつめた白いふたつの膨らみが前方にドンと突きでていた。

(す、すげえおっぱい!)

まさにスイカップという表現がぴったりの豊乳が眼下に広がり、男の分身がことさらそそり勃つ。

恐るおそる手を伸ばし、乳丘を手のひらでゆったり練れば、静江は鼻からくぐもった吐息をこぼした。

「ン、ふぅぅン」

左手で乳房を、右手でヒップを愛撫《あいぶ》し、もちもちした肌の感触を思いの限り堪《たん》能《のう》する。熟女はふっくらした下腹を強く押しあて、ひしゃげたペニスがジンジン疼いた。

布団部屋では放出寸前まで追いこまれ、本能は一刻も早い結合を望んでいるのだ。彼女も同じ気持ちなのか、唇をほどきざま濡れた瞳を向けておねだりした。

「ほしい……来て」

抱き合うかたちで布団に寝そべり、首筋から胸元に口を押しつけては肌の匂いを嗅《か》ぎまくる。

颯太はさっそく乳房にかぶりつき、木イチゴを思わせる乳頭を口に含んで舐め転がした。

手のひらに収まらない豊乳ぶりに目を白黒させるなか、彼女は腰をくねらせ、美脚を足に絡ませて恥骨を揺らす。

「あ、ふぅン」

互いの性感を高めつつ、一触即発の瞬間に思いを馳せるも、結合の前にどうしても女芯を目に焼きつけておきたい。

胸への愛撫もそこそこに、颯太は舌を腹部からプライベートゾーンに下ろしていった。

「あ……だめ」

静江は足をピタリと閉じ、恥ずかしげに身悶える。拒否されればされるほど、不埒《ふらち》な欲望はますます燃えあがるのだ。

「み、見せてください」

無理やり足を割り開けば、こんもりした恥丘の膨らみに続き、中心に刻まれた凝脂の谷間が目に飛びこんだ。

アーモンドピンクの陰唇はすでに大きく捲《めく》れ、ボリューム溢れるルビー色の陰核が燦々《さんさん》とした輝きを放つ。

秘裂から覗く深紅色の内粘膜は、微かに蠢きながら愛蜜を滾々《こんこん》と溢れさせた。

甘ったるい香りとともに、熟成されたチーズの匂いが鼻腔《びこう》を燻《いぶ》す。

これが、熟女のフェロモンなのか。

脳幹を痺《しび》れさせた颯太は一も二もなく吸いつき、舌先で甘蜜を掬《すく》いあげた。

「ン、はあぁぁっ」

恥毛を指で掻きあげ、スリットを舐めたてると、とろとろの淫液が会陰から肛穴までツツッと滴った。

「おおっ、次から次へと溢れてくる。クリちゃんもズル剝けだ」

「だめ……もうやめて」

つい本音を洩らせば、静江は颯太の身体を強引に引っ張りあげようとする。

そうはさせじと、女芯に口を被《かぶ》せて吸いたてれば、鼠蹊《そけいぶ》部の筋がピンと浮き、内腿の柔肉が小刻みなひくつきを繰り返した。

「ああ、やあぁ、やぁぁあっ！」

熟女の性感も頂点に達したのか、上体を忙《せわ》しなくよじり、甲高い嬌声が室内に反響する。

巨房がゆっさゆっさと揺れ、紅潮した肌が瞬く間に汗ばんだ。

ここぞとばかりに愛液を啜りあげ、クリットを口中に引きこんではクニクニと甘嚙みする。

「来て！　挿《い》れて！」

静江が甲高い声で挿入を訴えるや、颯太はためらうことなく身を起こし、いきり勃つ肉の棍棒を濡れそぼつ割れ目にあてがった。

（つ、ついに、素人童貞を捨てるときが来たんだ！）

夢見心地で腰を繰りだし、亀頭の先端を膣口に押しつける。

（む、むおっ！）

ぬめり返った粘膜が鈴口を刺激し、強大な快感が背筋を這いのぼった。

こめかみの血管を膨らませ、腰をわななかせて射精の先送りを試みる。

放出をなんとか堪えた颯太はそのまま恥骨を迫りだし、肉槍の穂先を膣の中に埋めこんだ。

真横に張りだした雁首が引っかかるも、軽く力を込めれば、とば口をくぐり抜け、勢い余ってズブズブと突き進んでいく。

「ン、はぁあああぁっ！」

「は、おおおっ」

二人は同時に悦の声をあげ、ひしと抱き合った。

（お、お、こ、これが、生のおマ×コ……しっぽりしてて、あったかくて、チ×ポが蕩《とろ》けちゃいそうだよ）

こなれた媚肉がひくつき、強くも弱くもない絶妙な力加減で怒張を締めつける。

あまりの快感に腰を動かせず、今はただ臀部の筋肉を強《こわ》ばらせるばかりだ。

「あ……おっきい……颯太くんの、おっきくて硬いわ」

「お、大きいんですか？」

「こんなの……初めてよ」

社交辞令だとわかっていても、褒められて悪い気はしない。

(ペニスのサイズなんて、他人と比較したことないもんな。でも、ひょっとしてオナニーのやりすぎで大きくなったのかも)

気分をよくした颯太は身を起こし、腰を慎重にスライドさせた。

「ン、ふぅっ」

おびただしい量の愛液が溢れているのか、締めつけはそれほど強くないが、肉襞が剛直の隅々までへばりつき、快感度数が下がることはない。

(これなら……なんとか保《も》ちそうかも)

ピストンのピッチを徐々に上げていき、美熟女との情交を満喫する。

「はあ、いい、いいわぁ……颯太くんの、気持ちいいとこをこすりあげるのぉ」

「ぼ、ぼくも、最高に気持ちいいです」

にちゅくちゅと卑猥な肉擦れ音が結合部から洩れだし、酸味の強い淫臭が立ちのぼる。体温が急上昇し、触れ合う肌が粘ついた汗にまみれる。

「あぁっ、くっ、ンふわぁあぁっ」

静江の声は次第に高みを帯びていき、やがて甘い余韻を含んだ噎《むせ》び泣きに変わった。

腰の律動を二速から三速にギアチェンジしたところで、下腹部全体が巨大な快感に覆い尽くされた。

「ああ、やっ、やぁあぁぁっ」

熟女が悶えだし、恥骨を下からグイグイ迫りあげてきたのだ。

（……あっ）

慌てて腰の動きを止めるも、彼女は両足で踏ん張りつつ腰を振りたてる。

「はあぁっ、いい、いいっ！」

「ちょっ……あ、ぐうっ」

「イクっ、イッちゃうわ！」

男根が媚肉に絞られ、はたまた引き転がされると、奥歯がガチガチ鳴り、頭の中がピンクの靄《もや》に包まれた。

ストッパーが弾け飛び、白濁のマグマが噴火口に突入する。

「ああ、だめだ！　ぼくもイッちゃいます!!」

どうせ射精するならと、颯太は猛烈なピストンで膣内粘膜を抉《えぐ》った。

無我夢中で怒張の抜き差しを繰り返し、天国に舞い昇るような浮遊感に陶然とする。

「出して、中にいっぱい出してぇ!!」

熟女は金切り声をあげて懇願し、息の続く限り、腰を何度も突きあげた。

恥骨同士がガツンガツンと鈍い音を立て、全身の毛穴から大量の汗が噴きこぼれる。あまりの快美に思考が煮崩れし、大口を開けて獣じみた声を轟《とどろ》かせる。

「ああ、おおっ、おおっ！」

「はあぁぁ、イクっ、イッちゃうわ！　イクイクッ、イックぅぅぅン!!」

静江は絶頂の訪れを告げるや身を反らし、こなれた媚肉をキューッと収縮させた。ひと筋の光が脳天を貫き、牡のエキスが輸精管になだれこむ。

「あ、イクっ、イックっ！」

腰の動きを止めて天を仰げば、欲望の証は肉洞の中に途切れることなく排出されていった。

脳の芯がビリビリ震え、腰部の奥に甘美な鈍痛感が走る。

大量の樹液を吐きだした颯太は、うっとりした顔つきで豊熟の肉体にしなだれかかった。

「はあはあ、はあぁぁっ」

短距離走を全速力で走った直後のように、荒々しい息が止まらない。

初めての素人とのエッチは憧れの女性の姉であり、とてつもない昂奮から射精のコントロールがまったくできなかった。

拙いセックスだったとしか思えないが、それなりに満足したのか、静江は頭を優しく撫でてくれた。

「小夜子に……怒られちゃうわ」

「……え？」

「だって、あの子からしてみれば、あなたは義理の弟だもの」

息が整いはじめる頃、美熟女がぽつりと呟《つぶや》き、唇をへの字に曲げる。

彼女の言うとおり、二人が関係を結んだ事実は誰にも知られてはいけない。

「絶対……誰にも言いませんから」

「ふふっ、ありがと」

静江はにこりと笑い、口元にソフトなキスをくれた。

放出したばかりだというのに、膣の中のペニスがまたもや体積を増していく。

「あら、やだ……また大きくなってきたわ」

「一度ぐらいじゃ、出し足りないかも」

「……若いのね」

キスのお返しをしようと顔を上げると、美熟女はやけに真剣な眼差しを向けてきた。

「……颯太くん」

「はい？」

「あの子を、小夜子を守ってあげて」

言われずとも、桐生家で育った自分ならよくわかる。

呪われた家に嫁いだばかりか、今は兄が病気を患っている状況なのだ。

小夜子の心情を推し量れば、さぞかし不安な日々を過ごしているに違いない。

(これからは、義姉さんとこまめに連絡を取り合うべきだよな。相談事や悩みを親身に聞いてあげて……今は、それしかできないけど)

颯太はコクリと頷き、腰をもどかしげにくねらせた。

「ああっ、チ×ポが気持ちいい」

「あら、このままするつもりなの？」

「だって、静江さんのあそこ、いまだにキュッキュッて締めつけてくるから」

からかいの言葉を投げかけると、静江は指先で頬を軽くつねりあげる。それでも腰のピストンを再開すれば、瞬く間に目をとろんとさせた。

「やぁン、また濡れてきちゃった」

「もっと、たくさん濡れてください」

「ひどいわ……人の身体に火をつけといて、明日には帰るつもりなんでしょ？」

「あ、ま、まあ……」

半笑いで答えるあいだも、腰の動きは止まらない。

「ン、やぁぁっ」

媚びた表情で身悶える美熟女の姿に、性欲が完全なる回復を取り戻す。

(ゴールデンウイークはまだあるんだし、帰るのは先に延ばしてもいいかな)

熟れた肉体にすっかり魅了された颯太は、そう思いながら腰のスライドを速めていった。


翌朝、スマートフォンが幾度となく着信音を響かせたが、颯太の手はピクリとも動かなかった。

静江と抜かずの二回戦に及び、快楽をいやというほど貪ったあと、疲労と倦怠《けんたい》感《かん》から素っ裸のまま眠ってしまったのである。

静けさを取り戻したのも束の間、今度は部屋の外が騒がしくなり、扉をドンドンと叩《たた》く音が聞こえてくる。

「颯太くん、寝てるの？　起きて！」

「う、うぅん」

「開けるわよ！」

大声で叫んでいても、どこか艶っぽい声音は静江か。

夕べの肉悦が忘れられず、逞しい牡の精を再び求めにきたのかもしれない。

部屋の内戸が開かれても、まだ夢うつつのまま。寝ぼけ眼で掛け布団を剝《は》ぎ、大股を開いて朝勃ち状態のペニスを見せつけた。

「起きて！」

「大丈夫、まだいけますよ。あと三発は……」

「起きなさいっ!!」

「あたーっ！」

胸板を手のひらで思いきり叩かれ、一瞬にして目が覚める。

「い、いきなり何するんですか……あっ」

ギンギンのペニスに気づいた颯太は、股間を手で隠して背を向けた。

「いったい、なんだって言うんです。朝っぱらから……二発じゃ、足りなかったんですか？」

「冗談、言ってる場合じゃないわ！　お兄さんが、亡くなったのよ!!」

「……え？」

肩越しに振り返ると、熟女は青ざめた顔で唇を震わせている。

「な、なんて……言いました？」

「小夜子から電話があったの。容態が急変して、二十分ほど前に息を引き取ったって……」

「そ、そんな……」

慌ててスマホを確認すれば、小夜子からの着信が何度もある。

颯太は唐突な訃報《ふほう》におののき、目を見開いたまま微動だにしなかった。

第二章　幼馴染みの甘い誘惑

1

（まさか、兄さんが死んだなんて……一日経《た》っても、実感が湧《わ》かないよ）

静江とすぐさま診療所に向かい、達彦の亡骸《なきがら》と対面したときは呆然《ぼうぜん》と立ち尽くした。

病室内にいたのは小夜子の他、源一郎と勇治、そして友希の四人のみ。兄嫁は遺体に突っ伏して泣き崩れ、父は表情ひとつ変えずに仁王立ちしていた。

源一郎との七年ぶりの再会は息苦しかったが、彼は「家に戻ってこい」とだけ告げ、あっさりと病室から出ていってしまったのだ。

（相変わらず、何を考えてるか、わからない親父だよな）

本来なら意地でも帰らないのだが、兄が亡くなった今、わがままは言っていられない。

それ以上に小夜子が心配で、いてもたってもいられず、颯太はすぐさま旅館を引きあげて桐生の家に戻ったのである。

昨日は村人らがひっきりなしに弔問に訪れ、対応に大わらわだった。

(通夜は明日の五日、告別式は……六日か)

本来なら通夜は今日の夜に執り行われるのだが、五日は友引にあたり、告別式は避けるのが一般的なため、一日ずらしたのだ。

(初七日もあるし、八日には帰れそうもないな。会社に連絡しておかないと……はあぁっ)

深い溜め息をついたとたん、兄との思い出が走馬燈《そうまとう》のように甦り、涙がはらはらこぼれ落ちる。

繊細な面もあったが、とても優しい兄貴だった。

こうなることがわかっていたら、もっと頻繁に帰郷して顔を合わせていたものを……。

これで長兄、次兄に続き、三番目の兄を失ったことになる。

「やっぱり……呪われてるとしか思えないよな。次は、俺の番か？　あぁ、くそ、なんかむしゃくしゃする！」

自室の中は家を出たときと少しも変わっておらず、それが颯太をさらに苛立《いらだ》たせた。

(義姉さん、大丈夫かな？　ちょっと様子を見にいってみるか)

ベッドから下り立ち、部屋をあとにして黒光りする長い廊下を歩いていく。

小夜子の部屋を訪れても、彼女の姿はどこにも見られない。

兄の遺体が安置されている大広間にいるのだろうか。

襖を閉めたところで、一人の女性がトレイを手に歩く姿が目に入った。

「あ、ちょっと……」

「はい」

大股で歩み寄り、彼女の容姿をまじまじと見つめる。

身長は一五〇センチを超えたあたりで、短めの髪をおさげにしており、丸顔、小さな目と鼻、赤いほっぺたは中学生にしか見えない。

「君は、昨日もうちにいたけど……」

「ご挨拶《あいさつ》が遅れてしまい、申し訳ありません。古川茉奈美《こがわまなみ》です。去年の春から、家政婦として働いています」

「古川？　ああ、古川さんのとこの娘さんか……ずいぶん、大きくなって。いくつになったの？」

「先月、十七になりました」

古川家の子供は六人兄弟で、茉奈美は長女のはずだ。

父親が果物栽培の事業に手を出して失敗、多額の借金を背負って大変な状況だと耳にしたことがある。

家計が逼迫《ひっぱく》するのは当然のことで、中学卒業と同時に長女を桐生家へ働きに出させたのかもしれない。

この子は高校にも進学せず、小さな弟や妹のためにがんばっているのだ。

親の因果が子に報いではないが、とても他人事《ひとごと》とは思えず、颯太は口を噤《つぐ》んで複雑な表情をした。

「これからも、よろしくお願いします」

「あ、ああ、こちらこそ。ところで義姉さん……いや、小夜子さんは見かけなかったかい？」

「奥様は大広間で、旦那《だんな》様や葬儀関係の人たちと打ち合わせをしてます。今から、お茶を持っていくところです」

「そ、そうか！　それならいいんだ……いや、引き留めちゃって、ごめん。お茶、冷めちゃうね」

作り笑いして話を終わらせ、その場を立ち去る。

（しょうがない……散歩でもして、気を紛らわせるか）

小夜子のことは心配だが、源一郎とはできる限り顔を合わせたくない。

仕方なく玄関口に向かい、サンダルを履いて外に出ると、今度は庭の草むしりをしている男性の姿が視界に入った。

工藤平助《くどうへいすけ》は茉奈美と同様、十六歳から三十年にわたって桐生家に仕える使用人だ。発達障害で言葉が足らず、対人関係をうまく築くことができない。

坊主頭にずんぐりむっくりの容姿、汚れたTシャツとズボンのベルトに吊《つ》り下げたタオルが奇異な印象を与える。

村人らは名前をひっくり返してスケベ（助平）坊主と呼んでいるが、物静かな性格で、怒りを露《あらわ》にする場面は一度も目にしたことがなかった。

素性はよく知らないが、両親が亡くなったあと、親戚に預けられ、そこでひどい虐待を受けて逃げだしたらしい。

寺の浜縁の下で震えているところを住職が見つけて保護し、捜索願も出ていなかったと聞いたことがある。

事情を知った竜太郎が平助を引き取ったそうで、彼なりに恩義を感じているのか、どんな面倒な仕事でも真面目にこなしていた。

(じいちゃんが死んだあとは、親父に絶対服従という感じだったけど……三十年ということは、もう四十六か。このまま、死ぬまでうちに仕えるんだろうな)

そっと忍び寄ると、人の気配を察したのか、平助は立ちあがりざまギョロッとした目を向けた。

「やあ、久しぶり。元気でやってた?」

にこやかな顔で問いかけるも、彼は何も答えずに頭を下げ、そそくさと立ち去ってしまう。

(やれやれ……人見知りは相変わらずだな)

颯太は苦笑を洩らしたあと、後ろを振り返り、自分の生まれ育った屋敷を仰ぎ見た。

築百年、およそ三百坪の敷地に建てられた平屋の日本家屋はこれまた昔と変わらぬ重厚な佇まいを見せている。

(部屋数は十二、母屋に通じる増築した建物には使用人も住んでるんだから、すごいよな)

三十メートルほど離れた場所にある離れも使用人が住んでいたが、通いの家政婦が多くなり、颯太が家を飛びだしたときには空き家になっていた。

逆サイドに視線を振れば、漆喰《しっくい》塗りの蔵が目に入る。

子供の頃はあの中でよく遊んだものだが、今となってはレトロ感覚に浸る気も起きない。

「なんにしても、俺が住んでる東京のワンルームマンションとはえらい違いだ」

慣れ親しんだ自分の家が、大きな黒い怪物に見えてくる。

呑みこまれそうな錯覚に陥った颯太は、思わず背筋をゾクリとさせた。

2

その日の夜、颯太は自室のベッドに横たわり、ぼんやりと物思いに耽《ふけ》っていた。

小夜子のこと、桐生家のこと、そして自分のこと。

彼女は、これからどうするつもりなのか。

子供がいないのだから籍を抜き、家を出ていく選択肢もあるはずだ。

小夜子はまだ若く、新しい人生のやりなおしはいくらでもできる。

（でも、一般常識はこの村では通用しないんだよな。特に、あの親父は……）

名家としての自負心が強く、源一郎が簡単に除籍を許すとは思えない。

かといって、この家に彼女を置いたまま帰京することはできそうになかった。

（絶対に……跡を継げって言ってくるはずだ。下手したら、東京に帰れないよう、監禁されるかも。ああ、もう！　兄さん、なんで死んだんだよ!!）

身体を折り曲げ、頭を掻きむしったところでベッド脇のガラス窓が叩かれる。

すかさず起きあがり、窓を開ければ、従姉の友希が神妙な面持ちで佇んでいた。

セミショートの黒髪、猫のような目にアヒルロ。笑うと八重歯がこぼれ、明るいキャラクターがチャームポイントの女性だ。

「ゆ、友希ちゃん」

「颯ちゃん、大丈夫？　心配になって、様子を見に来たの」

「こんな時間に？　もう十時を回ってるぜ」

「あら、昔はもっと遅い時間に来たことだってあるじゃない」

「そりゃ……あの頃の友希ちゃんは独身だったから」

いくらイトコ同士とはいえ、人妻がこの時間帯に男の部屋を訪問するのは倫理に反する。

「冷たいのね。まあ、私の結婚式にも参列しなかったくらいの人だから」

「三年も前の話を蒸し返さないでよ。台風で交通機関がストップしたんだから、しょうがないじゃん」

「普通なら、這ってでも来るものよ」

「無茶言うな！」

「とにかく、あげてよ」

「いいけど……旦那さん、大丈夫なのかい？」

「今日と明日は出張で留守なの」

「えっ、連休の最中なのに？」

「仕事ひと筋の人だから」

ここで、友希は初めて苦々しい顔をした。

結婚相手は勇治の部下で、昨日は彼女の夫も弔問に訪れたが、明るい性格の友希とは正反対のタイプで、予想を遥かに超える堅物という印象を受けた。

そもそも、与間井村にはまともな稼ぎのある結婚適齢期の男はいない。

安定した収入のある公務員なら婿《むこ》養子として申し分ないと考え、勇治は娘との結婚話を進めたのだろう。

(叔父さんといえば……一昨日《おととい》は、衝撃的だったよな)

女将との痴態は忘れられるはずもなく、友希には口が裂けても言えない。

「早くあげてったら」

「あ、う、うん」

颯太は彼女を引っ張りあげ、室内に招き入れた。

「小夜子さんは、どう？　大丈夫？」

「あ、うん……一日経って、かなり落ち着いた感じ。兄貴……どうやら癌《がん》だったみたい」

「え、そうだったの!?」

「俺も知らされてなくて、びっくりしたよ。余命宣告より二カ月も早く亡くなったみたいだけど……義姉さんも覚悟はしてたんだと思う」

「颯ちゃんは？　突然だったから、ショックを受けてんじゃない？」

「うん、でも……まだピンとこないんだ、兄貴が死んだこと。今は、村を七年も離れていたことを後悔してるというか……」

「悔やんでるの？」

「あの親父だもん。俺がいないことで、兄貴にも余計なストレスがかかったのかなって」

しんみりした雰囲気が漂い、しばし押し黙るなか、友希はぽつりと呟いた。

「そうだよ、颯ちゃんが悪いんだからね」

「え？」

「村を出ていかなければ、お兄さんの相談相手になれたのに」

「……うん」

「あたしだって、あなたと結婚してたかもしれないんだよ」

「へっ!?」

「いくら電話で説得したって、村には帰らないの一点張りだもの。あきらめるしかないじゃない」

「あ、あ……」

二十七歳の人妻はベッドに横座りし、唇をツンと尖《とが》らせる。襟元が大きく開いたワンピースは裾が短く、太腿が丸出しの状態だ。

化粧もしっかり施し、しばらく見ないあいだに色っぽさを増した。

よく見ると、身体つきが以前よりふっくらし、首筋から漂う香水の甘い芳香に鼻がひくつく。湯上がりなのか、ソープの匂いも混じっていた。

（や、やべっ……なんか、変な方向に進んでるな。兄貴が死んだばかりだというのに）

気を引き締めたところで、海綿体になだれこむ血流は止められない。

「だ、旦那さんと、うまくいってないの？」

気を逸らそうと話題を変えれば、友希は寂しげに目を伏せる。

「うまくいってないというか……真面目すぎちゃって、つまんないの。無口だし、家にいるときは難しい本ばかり読んでて」

「そ、そう」

「聴いてる音楽がクラシックばかりって、信じられる？」

「確かに、そんな感じには見えたけど……」

「エッチだって新婚当初は月に一回、今は三カ月に一回なんだから！」

「マ、マジっ⁉　旦那さん、いくつ？」

「二十九……これじゃ、子供だって、できるわけないでしょ？」

「う、うん、そこはよくわからないけど……」

「しかも三分ぐらいで、さっさと終わって寝ちゃうし」

「はあ？」

まだ二十代にもかかわらず、そんな淡白な男がこの世に存在するのか。

呆《あき》れた顔をすると、友希はすり寄り、やけに甘ったるい声で問いかけた。

「あたし、そんなに魅力ないかな？」

「い、いや……魅力だらけだと思うけど」

欲求が溜まっているのか、彼女は明らかに全身からフェロモンを発散させている。頭に血が昇ると同時に、過去の記憶が鮮明に甦った。

あれは颯太が四歳、友希が六歳のときだったか。

（いっしょに風呂に入って、あそこを見せ合ったんだよな。そればかりか、弄りっこしたうえにキスまでして）

のっぺりした肉土手と簡素な縦筋、ペニスがピンコ勃ちしてしまった思い出は二十年以上経っても消え失せない。

「ねえ、彼女はできたの？」

「い、いるわけないだろ」

「ふうン……まさか、童貞じゃないよね？」

「なっ!?」

「颯ちゃんのファーストキスは、私が奪ったけど……」

覚えている。友希も、あの日の出来事をいまだに忘れていなかったのだ。

艶やかな赤い唇から目が離せなくなり、心臓が早鐘を打ちだす。

「ねえ、どうなの？」

可憐《かれん》な容貌がさらに近づくや、甘やかな芳香がより濃厚になり、頭の中で本能と理性がせめぎ合った。

唇をこわごわ寄せてみると、友希は目を閉じてキスを受けいれる。細い肩を抱き寄せ、舌を口腔に差し入れれば、絡み合う唾液がぷちゅんと跳ねた。

「ん、むふっ」

人妻はすかさず股間の頂に手を被せ、硬直に沿って撫でさする。

甘美な性電流が脊髄《せきずい》を走り抜け、分水嶺が本能に向かって溢れだした。

(こ、こんなことしてる場合じゃないのに……)

わかってはいても、一度タガの外れた男はもはや行き着くところまで行くしかないのだ。

小高い胸の膨らみをゆったり揉みしだき、すべすべした太腿に手のひらを這わせ、柔らかい感触を目いっぱい堪能する。

背に手を回し、ワンピースのファスナーを下ろす最中、彼女はしなやかな指を短パンの上縁から忍ばせ、怒張をじかにしごいた。

「く、ふっ、ふうっ」

理性が忘却の彼方《かなた》に吹き飛び、猛々しい情欲が上昇のベクトルを描く。

(そんなことしたら……もう、止まらないよぉ)

内腿から女の中心部に指をすべらせ、ショーツの上から性感ポイントを刺激すれば、友希は唇をほどきざま潤んだ瞳を向けてきた。

赤らんだ頬に濡れた唇と、男のハートを射抜く悩ましげな表情だ。

「颯ちゃんの……見せて」

「……あ」

彼女はペニスから手を離すや、颯太のTシャツを頭から抜き取り、短パンの上縁に指を添えた。

「腰を上げて」

言われるがまま臀部を浮かした直後、白い布地がトランクスごと引き下ろされる。怒張がバネ仕掛けのおもちゃのごとく跳ねあがり、宝冠部は早くもパンパンに張りつめていた。

3

「やぁン……すごい、おっきいわぁ……子供のときと全然違う」

「は、恥ずかしいよ」

「だめ、隠しちゃ……もっと、よく見せて」

手を払いのけられ、指先で雁首をツンツンつつかれる。鈴口に我慢汁が滲《にじ》みだし、獣じみた臭気が鼻先までふわりと漂った。

「亭主のより……倍近くはありそう」

「い、いくらなんでも、それはないでしょ」

「ううん、ホントにそう見える。亀頭がスモモみたいだし、胴体だって……やぁン、指が回らないっ」

細長い指が胴体に巻きついた瞬間、青筋がドクンと脈動し、肉茎がことさら反り返る。

「やだ……まだ大きくなるの？」

「はあはあっ」

「舐めて……いい？」

「へっ!?」

七年の月日は、幼馴染みを大人の女性に成長させていた。

媚びた眼差しは見られなかったもので、どうしても積極的な誘いに抗えない。

「あ、あの……あっ」

友希は返答を待たずに身を屈め、剛直の横べりに唇を押しつけては舌先で這い嬲《なぶ》った。

「はンっ、ふンっ、はふンっ」

よほど昂っているのか、彼女は鼻にかかった吐息を洩らし、顔を左右に振って男根を舐めまわす。ペニスが照明の光を反射して淫らに輝き、今や颯太自身も昂奮状態を抑えられなかった。

「やぁン……しょっぱくて、おいしっ」

人妻はいやらしい感想を告げたあと、口を大きく開け、唾液をたっぷりまぶした牡の肉をゆっくり呑みこんでいく。

「む、むむっ」

唇のいちばん柔らかい箇所が胴体をすべり落ち、ぬくぬくした感触と心地いい快美に背筋がピンと張りつめた。

（あ、あ……友希ちゃんに、チ×ポをしゃぶってもらうなんて）

彼女の言うとおり、村にとどまっていれば、結婚を考えたかもしれない。それどころか、高校生のときに拝み倒していたら、もっと早く童貞を捨てられたのではないか。

（でも、俺たちイトコ同士だもんな。それに、あのときの俺は義姉さんを……あ、ぐうっ！）

友希が突然リズミカルな抽送を開始し、官能電流を肉筒に吹きこむ。

静江と違い、彼女は自分と同年代であり、しかも幼馴染みなのである。無様な姿を見せたくないという男の意地から、颯太は下腹に力を込めて踏ん張った。

（一昨日、素人童貞を捨てておいてよかったかも。ああ、でも……気持ちいい）

じゅっぽじゅっぽとペニスを舐めしゃぶられ、牡の証が睾丸《こうがん》の中で乱泥流のごとくうねる。

友希はスライドの合間に舌先で雁首をなぞり、右手の人差し指と中指で裏筋をこしこしとさすった。

「あ、ううっ」

さすがは人妻、呻き声が出てしまうほどの手慣れた性技だ。怒張の芯が痺れだすと、颯太はワンピースを肩から脱がした。

(ああ、ノーブラだ)

なめらかな肌質に目を見張り、横乳のまろやかさに喜悦する。

「むむっ」

このまま口戯が続いたら、放出を迎えるのは明らかで、なんとかして主導権を奪い、インターバルを空けなければ……。

(だめだ……この体勢じゃ、うまく脱がせられない)

奥歯をギリリと噛みしめた直後、友希は自らワンピースを脱ぎはじめ、多少なりとも首の打ち振りが弱まった。

(し、しめた！)

人妻が花柄の布地を足から抜き取るや、薄桃色のショーツをヒップのほうからペロンと剝き下ろす。

「……あ」

突然の蛮行に睫毛《まつげ》を震わせた人妻は、慌ててペニスを口から吐きだした。

「やンっ」

「俺のは十分見たでしょ？　今度は友希ちゃんの番だよ」

覆い被さるようにしてさらに引き下ろすと、彼女は身を起こし、腰をひねって不埒な手から逃れた。

「自分で脱ぐわ」

「お願いします！」

恥液で汚れたクロッチは、見られたくないのかもしれない。颯太は正座の状態から、目を猛禽類《もうきんるい》のごとく鋭くさせた。

「ううンっ、もう……わがままなんだから」

わがままなのは、どっちなのか。言い返したいところだが、今は余計な会話を交わしている余裕はない。

友希は左腕で胸を隠し、右手で脱いだショーツをワンピースの下に隠した。

「はあはあっ……か、壁際に寄りかかって」

「え、こう？」

「そう！　で、そのまま両足を開いてみて」

「は、恥ずかしいわ」

「今さら、拒絶する権利なんかないんだからね。ついでに胸も見せてよ、いつまで隠してんの！」

「あたし、胸に自信がないから……」

頬をポッと染めつつ、彼女は体育座りの姿勢から壁に寄りかかる。颯太はズズッと前に進み、目をらんらんと光らせた。

「あ、足を開いて」

「あぁンっ、颯ちゃんのエッチ」

友希はキッとねめつけるも、指示どおりに美脚を広げていく。それでも羞恥心は拭《ぬぐ》えないのか、二、三センチ開いたところで動きを止めた。

「それじゃ、暗くて見えないよ」

「だって……」

ひょっとして、経験の疎さを見抜き、わざと焦《じ》らしているのかもしれない。

焦燥感に駆られた颯太は足を無理やり開き、羞恥の源に顔を突っこんだ。

「あ、だめっ！」

「隠さないで」

大声で咎《とが》めると、友希は手の動きを止め、切なげに唇を嚙んだ。

「あぁっ……」

黒々とした恥毛の下、肉の亀裂が走り、すでに肥厚した陰唇が外側に大きく捲れている。狭間《はざま》から覗く内粘膜はしっぽり濡れ、とろみがかった淫液が今にも滴り落ちてきそうだ。

「颯ちゃん……恥ずかしいよ」

「す、すごい、子供のときに見たのと全然違う」

「当たり前でしょ、颯ちゃんだって同じじゃない……あンっ」

颯太は秘園に手を伸ばし、指先で陰部を恐るおそる弄った。

「触っちゃ、だめ……あ、くふぅっ」

蜜液が膣口からとろりと溢れだし、指に促された頂点のポッチが薄い包皮を押しあげて顔を覗かせる。

「友希ちゃん、すごいよ……ヌルヌルがたくさん出てくる」

「いやンっ……はふっ」

いやよいやよと言いながら、人妻は腰をくねらせ、颯太は脇目も振らずに両の指を肉の尾根に戯れさせた。

左手の親指でクリットを爪弾《つまび》き、右手の人差し指と中指でスリットを何度もなぞる。

半透明の分泌液が粘った糸を引き、酸味の強い香気が鼻腔粘膜にへばりついた。

「はンっ、やンっ、だめっ、はぁぁぁンっ」

友希は吐息混じりの嬌声を間断なく放ち、鼠蹊部の薄い皮膚をベビーピンクに染める。

上半身もよじりはじめ、性感を完全に目覚めさせたと思われた。

女のとば口はすっかり溶け崩れ、ふしだらな熱気がムンムン立ちのぼる。

卑猥な光景を目の当たりにし、ペニスは下腹にべったり張りついたまま。鈴口から、先走りの汁がだらだら滴った。

辛抱堪《たま》らずに指先を膣口に差し入れ、奥に向かって突き進めれば、人妻は背筋を伸ばし、唇の端を狂おしげにたわめる。

「あっ、やっ……ンっ、ふぅぅぅっ！」

膣の中は灼熱《しゃくねつ》の溶鉱炉と化し、うねりくねっては指を食いちぎらんばかりに締めつけた。

ゆったりした抜き差しを繰り返すなか、愛蜜がしとどに溢れだし、二本の指をテラテラと輝かせる。

卑猥な肉擦れ音が聴覚を刺激し、性的な昂奮を極みへと押しあげた。

自然と息が荒くなり、口の中に溜まった唾を何度も飲みこむ。

無意識のうちに指の抽送を速めると、腰のわななきが顕著になり、ヒップが小刻みにバウンドした。

「颯ちゃん……も、もう、あたし……」

熱っぽい眼差し、上気した頬、甘い余韻を含んだ声音は、静江のときとほぼ変わらない。

友希の性感も、今や噴きこぼれる寸前まで追いつめられているのだ。

「友希ちゃん！」

「……あっ」

颯太は腰に手を回し、強引に抱えこんで引き寄せた。

悩ましい色香を発する人妻をベッドに横たわらせ、すっかり充血した女肉に顔を埋める。そして大陰唇と鼠蹊部にキスの雨を降らせたあと、大口を開けてしゃぶりついた。

「あ、はあぁぁあぁンっ！」

友希はヒップを浮かし、ソプラノの声をあげてのたうちまわる。

(す、すげえ声！)

颯太の自室は屋敷内のいちばん端にあり、他の家人の部屋とは距離が離れているが、絶対に聞こえないという保証はない。

とっさに口を塞ごうと手を伸ばせば、彼女はなんと中指を咥えこみ、ちゅぼっちゅぼっと吸いたてた。

「ンっ、ふンっ、はっ、ンふぅっ！」

指をペニスに見立てておしゃぶりしているのか、貪欲《どんよく》な姿に目を見張り、剛槍が青竜刀のごとく反り返る。

（ああ、挿れたい！　クンニなんてしてられないよ！）

いざ挿入せんと、まなじりを決した瞬間、人妻は身を起こしざま覆い被さってきた。

あっと思ったときには仰向けに倒され、メトロノームのごとく揺れるペニスにほっそりした指が巻きつく。

「もう我慢できないわ！」

友希は怒気をはらんだ声で言い放ち、亀頭冠を女の中心部にあてがった。

Ｏ状に開いた肉びらが先端をぱっくり挟みこみ、愛液でぐしょ濡れの粘膜が鈴口から雁首にへばりつく。

括《くび》れた腰がゆっくり沈みこむと、肉の圧迫感とともに快感の嵐が下腹部全体に襲いかかった。

「ン、ン、ンぅぅっ」

「あ、おおっ」

「あぁン、硬い……おっきい」

彼女はこれまた静江と同じセリフを投げかけ、男根を根元まで呑みこんでいく。

恥骨同士がピタリと合わさると、結合部から淫液がツツッと滴り落ち、ふたつの肉玉を温かく濡らした。

(友希ちゃんのおマ×コ……静江さんのより締めつけが強いぞ)

経験値の差か、それとも子供を産んでいないことが影響しているのか。

いずれにしても、熟女とはひと味違う蜜壺の感触に期待感が膨れあがった。

「はあっ……颯ちゃんとエッチしちゃった」

「き、気持ちいいよ。マン肉が、チ×ポに吸いついてくるみたい」

「えげつないわね……相変わらず、デリカシーがないんだから」

友希はアヒル口を尖らせたあと、ヒップを前後に揺すり、恥毛がジョリッジョリッとこすれ合う。男根が膣内粘膜に引き転がされ、スライドが速度を増すごとに快感も上昇気流に乗っていった。

「お、むむっ」

「ああ、いい、雁が気持ちいいところに当たって……くふぅ」

「いつも、こんな感じでエッチしてるの？」

「うん……あたし、上になると、すぐにイッちゃうの」

「へ？　そうなの？」

風俗を利用していたときには気づかなかったが、女性の性感ポイントは十人十色らしい。

（あそこの具合も違うし、女の人にもいろいろあるんだなぁ）

妙なところで感心し、腰をクンと突きあげてみる。

「あンっ！　動いちゃだめ」

「えっ、でも、俺だってガンガン突きたいよ」

「いいの！　颯ちゃんは、じっとしてて」

淡泊な夫は挿入するやいなや、三分ほどで射精してしまうと言っていた。

身勝手な営みが大きな鬱憤《うっぷん》を積もらせ、彼女に積極的かつ個性的な性嗜好をもたらしたのかもしれない。

友希はレゲエダンサーさながら腰をくねらせ、媚肉の振動が粘膜を通してはっきり伝わる。

「はっ、くっ、くふうっ」

「ああ、いいン、いいっ、ンはぁあぁぁっ！」

射精願望は緩むことなく上昇を続け、目の前がチカチカしはじめた。

膣襞に揉みくちゃにされたペニスは疼きまくり、下腹部全体がバラ色の浮遊感に包まれる。

足を突っ張らせても身をよじっても耐えきれず、快楽の風船玉が破裂寸前まで張りつめた。

「ゆ、友希ちゃん……そんなに激しくしたら、すぐにイッちゃうよ」

「あぁン、もう少し我慢して」

「膝を立ててくれない？」

「……え？」

「和式便所のスタイルだよ」

腰の動きが止まり、ひとまず安堵の胸を撫で下ろす。インターバルを空けたことで多少なりとも制御でき、颯太はしたり顔で指示を出した。

「……こう？」

「そう、椅子に腰かける感じで……」

「あ、やっ！」

閉じていた膝をさっと割り開けば、結合部がさらけ出される。男根が膣の中にぐっぽり差しこまれている光景は、みだりがましいことこのうえない。

「ちょっ……あっ」

人妻がバランスを崩して後ろ手をつくと、ここぞとばかりに怒濤《どとう》の抜き差しを繰りだし、しなやかな身体がトランポリンをしているかのように弾んだ。

「いっ、ひぃぃぃンっ！」

「すごいや！　入ってるとこ、丸見えだよ！」

「見ちゃ、だめぇ！」

友希は足を閉じようとするも、力が入らないのか、大股を押っ広げたまま全身に汗の皮膜をうっすらまとわせる。

「ああ、いやっ、すごい、すごいっ！」

媚粘膜が収縮を開始し、怒張をまんべんなく揉みしごいた。

ピストンのタイミングに合わせ、彼女もあえかな腰をシェイクした。

「はあっ、イクっ、イッちゃいそう」

友希が絶頂の訪れを告げた瞬間、脊髄が痺れだし、射精欲求もとうとう高みに導かれる。

(あ、やばい……安全日か危険日かもわからないのに、中に出すわけにはいかないよな。しかもこの体勢、チ×ポを抜き取りづらいぞ)

どうしたものか。苦渋の選択に顔を歪めるも、腰の動きは止まらない。

ついに放出間際に追いこまれた颯太は、大口を開けて我慢の限界を訴えた。

「ああ、だめだ！　もうイクっ！　イッちゃうよ!!」

「待って！　私もイクっ！　イックぅぅンっ」

「……あっ」

あろうことか、友希は杭打《くいう》ちピストンで剛槍を嬲り、微かに残る自制心を根こそぎなぎ倒した。

「あ、もうだめだっ！　イクっ、イックっ！」

腰をバウンドさせた直後、友希はヒップを浮かせ、膣からペニスを抜き取る。

そのまま両足のあいだに腰を落とし、ビンビンに反り勃つ肉棒を縦横無尽にしごきたてた。

「いいわ、イッて！　たくさん出して!!」

「ぐおっ！」

身をよじって咆哮したとたん、おちょぼ口に開いた尿道から大量のザーメンがびゅるんとほとばしる。濃厚な一番搾りは放物線を描き、颯太の口元から顎をムチのごとく打ちつけた。

「……がっ！」

「やっ、すごいわ！」

我慢に我慢を重ねた男子の本懐は一度きりでは収まらず、飽くことなき放出を繰り返し、胸元から腹部を乳白色に染めあげた。

「やぁン、まだ出る……どうなってるの？」

意識が朦朧《もうろう》とし、今は友希の言葉が耳に入らない。吐精は六回でストップし、鼻が曲がるような精液臭があたり一面に立ちこめる。

「はあはあはあっ」

「そんなに溜まってたの？」

人妻の呆れた声を遠くで聞きながら、颯太は官能の深淵にどっぷり沈んでいった。

4

「はあっ、すごく気持ちよかった」

友希は身体に付着したザーメンをティッシュで拭き取ったあと、胸に顔を埋めて溜め息をついた。

「……颯ちゃんは？」

細い肩を抱き寄せ、天井をぼんやり見つめて答える。

「最高だったよ。でも……まさか、友希ちゃんとエッチしちゃうなんて」

「後悔……してるの？」

「ううん、でも、なんか複雑な心境だよ。だって、友希ちゃんはもう他の男のものだから」

「それは……言わないで」

友希が悲しげに目を伏せると、重苦しい雰囲気が身を包みこんだ。

兄が亡くなった翌日だというのに、自分はいったい何をしているのか。

間違いなく人生の岐路に立たされているのに、小夜子の姉や幼馴染みと肌を合わせ、快楽を貪ってしまうとは……。

(ホントに……こんなことやってる場合じゃないんだよな。でも、やっぱり気持ちよかった)

豊満な肉体もいいが、細身のしなやかな身体も捨てがたい。口角が自然と上がり、性欲が回復の兆しを見せるなか、友希が抑揚のない声で呟いた。

「……知ってるんだから」

「え、何を？」

「小夜子さんが好きだってこと」

「なっ!?」

驚いて顔を上げると、彼女は胸を手のひらでさすりながらとうとう告げる。

「彼女のことばかり、ずっと見てたでしょ？　お兄さんと結婚したことが、村を出た大きな理由のひとつだとはわかってたの。だから……私も颯ちゃんのこと、あきらめたんだよ」

どう答えたらいいのかわからず、颯太は困惑顔で口を引き結んだ。

「……帰ってくればいいのに」

「え？」

「折を見て、小夜子さんと結婚すればいいんじゃない？」

「そ、そんなこと……」

「別におかしなことじゃないし、戦後はけっこうあったみたいだよ。夫が戦死して、その弟さんと再婚したってケース」

「今とは、時代が違うよ」

「いいじゃん……それまで、あたしが颯ちゃんの面倒を見るから」

「へ……ど、どういう意味？」

「だって、このおチ×チン、もう忘れられないもん」

友希は目元を赤らめ、ペニスに指を絡めてもてあそぶ。一度の放出では物足りないのか、牡の肉は節操なく頭をもたげた。

「やぁン、またおっきくなってきた」

「そ、そんなことより、帰らなくていいの？　もう十一時を過ぎてるよ」

「あ、いけない！　朝早くに用事があるんだった」

天真爛漫《てんしんらんまん》な人妻はガバッと身を起こし、ワンピースを手に取るや、慌ただしく身に着けていく。

「パンティは穿かないんだ？」

にやけ顔でからかうと、彼女はすかさずショーツを手に取り、目尻を吊りあげて答えた。

「シャワー浴びれないんだから、このまま帰るしかないでしょ！」

小さく畳んだ下着をポケットに入れ、ベッドに片膝をついて窓を開ける。

「人の気配はないと……颯ちゃん、下ろして」

「あ、うん」

身を起こし、引き締まったウエストに手を添えた瞬間、友希は眉根を寄せて顔を引っこめた。

「……どうした？」

「人魂《ひとだま》みたいのが見えたの」

「はあ？　ひょっとして、まだ思考回路がショートしてんじゃない？」

「違うわ、見てよ」

言われるがまま窓から顔を出すと、確かにボーッとした明かりが左右に揺らめいている。

目を凝らせば、平助の顔が見て取れ、背後を歩くもう一人のシルエットは源一郎としか思えなかった。

「平助が提灯《ちょうちん》を持ってるんだ。後ろを歩いてるのは、親父だな」

「え……こんな時間に、どこ行くの？」

「わからない、でも……離れのほうに向かってるみたい」

「離れって、今は誰も使ってないんでしょ？」

「うん、いったいなんの用で……よし！　あとをつけてみよう」

「あ、ちょっ……」

颯太はすぐさまTシャツと短パンを身に着け、裸足《はだし》のまま窓を飛び越えて地面に下り立った。

「ほら、友希ちゃんも」

「あぁン、待ってよ。ホントに、あとをつけるつもり？」

「そうだよ、早く！」

両手を伸ばし、友希の身体を掴んでゆっくり引きずり下ろす。

この時間に、当主と使用人が連れ立って散歩するわけがない。

いったい、なんの目的で外出したのか。

得体の知れない不安が押し寄せ、颯太は早くも緊張の面持ちに変わった。

第三章　倒錯と背徳の美少女地獄

1

源一郎と平助は、紛れもなく離れに向かって歩いていた。

誰も住んでいない古びた家屋に、なんの用事があるのだろう。

「見て、いちばん手前の部屋の明かりがついてる」

「しっ！」

友希とともにあとを追い、ひとまず灯篭《とうろう》の陰に身を潜める。

平助は木造りの引き戸を静かに開け、源一郎を離れの中に促した。

丸坊主の使用人はあたりを見回し、人気がないことを確認してから戸を閉める。

かなり、警戒している様子だ。

果たして、明かりのついている部屋には誰が待ち受けているのか。

深夜に密会するということは、よほど他人に見られたくない相手に違いない。

「颯ちゃん、どうするの?」

「ううん、平助のあの様子だと、玄関の向こうで見張ってるかもしれないし、正面から入っていくのは無理だな。確か裏口のドアの鍵《かぎ》、壊れてたはずだけど」

「ちょっと……覗き見するつもり?」

「気にならない? こんな時間に、廃屋になった離れにこそこそ入ってくなんて」

「そりゃ、そうだけど……」

「友希ちゃんは、帰っていいよ。俺だけでも行くから」

「あぁンっ、ちょっと待って」

忍び足で離れに向かえば、友希も仕方ないという様子でついてくる。

建物の裏手に回りこみ、勝手口のドアノブを慎重に回すと、扉がギギギッと不気味な音を立てて開いた。

真っ暗闇《くらやみ》の土間に足を踏み入れ、目が慣れるまで息を潜めて待ち受ける。

天井は太い梁《はり》が剝きだしの状態で、馬小屋を改築して人が住めるようにしたらしい。

かまどに石製の流し台と、かつての使用人らはここで炊事をしていたのだ。

颯太は友希の手を握り、炊事場の反対側にある廊下に恐るおそる突き進んだ。

柱の陰から首を伸ばして確認すれば、突き当たりの玄関口が見渡せ、源一郎はもちろん、平助の姿も見られなかった。

(二人とも同じ部屋にいるのか？　親父が誰かに会うとしたら、平助は席を外すはずなんだけど……おかしいな)

土間から玄関口までの左側には、六畳ひと間の部屋が一直線に三つ並んでいる。右奥にあるトイレの磨りガラスから、照明の光は漏れていない。

間違いなく、二人はいちばん奥の部屋で第三者と落ち合っているのだ。

「行くよ」

「え？　怖いよ」

「大丈夫、とりあえず、となりの部屋に忍びこんで様子を見よう。友希ちゃんは、土足のままでいいから」

颯太は友希とともに間口にあがり、暗い廊下を摺《す》り足で歩いていった。

幸いにも奥から二番目の部屋は、引き戸が半分ほど開いている。大きな音を立てず、照明さえつけなければ、気づかれる可能性は低いはずだ。

戸がぴったり閉じられた奥の部屋から、ひそひそ話が洩れ聞こえる。

何を話しているのかはわからないが、聴覚を研ぎ澄ますと、確かに男の声の合間に女の細い声が聞こえる。

(え……女の人?)

外部の人間か、それとも桐生家にゆかりのある人物か。

(身内なら、住みこみの家政婦? まさか……小夜子さんじゃないよな?)

どす黒い不安がことさら増し、もはや後戻りする気は起きない。

友希と連れ立ってとなりの部屋に入室した颯太は、安堵の吐息を洩らしてから気を引き締めた。

「ラッキー、押し入れも開けっ放しだ」

「こんなとこに入って……どうするの?」

「押し入れの中、見える?」

「ん……何もないじゃない」

「ちょっと待ってて」

小声で指示を出し、押し入れに突き進んで上段に昇る。

(懐中電灯、持ってくればよかったな。でも……窓から射《さ》しこむ月明かりで、なんとか見えるぞ)

正面の壁には五つの穴が開いており、すべてをガムテープで塞いでいた。

この壁の向こうで源一郎と平助、そして謎《なぞ》の人物が顔をつき合わせているのだ。

膝立ちの体勢から目線の高さにあるガムテープを二カ所だけ剝がし、振り向きざま友希を手招きする。

「昇れるかい？　手を貸すから」

「うん、あ……穴から明かりが漏れてる」

「ガキのとき、この離れは遊び場だったんだ。ガムテープで穴を塞いでいたことは、当時から知ってたんだよ……さ、早く」

幼馴染みを上段にそっと引っ張りあげ、二人揃って直径一センチほどの穴に目を近づける。

次の瞬間、颯太は驚きの光景に悲鳴をあげそうになった。

室内には源一郎と平助の他、家政婦の茉奈美が下着だけの恰好で佇んでいたのである。

2

（……なっ!?）

予想外の出来事に頭が混乱し、すぐには思考が働かない。

源一郎はふんどし姿で仁王立ちし、平助はパンツ一丁の恰好で正座している。

なぜ、十七歳の女の子が深夜の時間帯に出歩けるのか。

「あ、あの子が、なんで……」

率直な疑問を口にすると、友希は耳元に唇を寄せて答えた。

「彼女、住みこみだから、呼びだせたのよ。でも、びっくり……伯父さん、何を考えてるのかしら」

てっきり通いの家政婦だと思いこんでいたが、住みこみなら給金も高くすると提示したのではないか。

（ひょっとして……前借というかたちで、向こうの親に大金を払ってるのかも。もしそうなら、完全な身売りじゃないか）

いたいけな少女をもてあそぶ目的で雇ったのだとしたら、絶対に許せない。

年季奉公なら、借金が完済するまで使用人は辞められず、雇用者からの不条理な要求にも従うしかないのだ。

(江戸時代じゃあるまいし、何考えてんだよ！　しかも、兄貴が死んだ翌日だっていうのに！)

自分も友希と情交した事実を棚に上げ、激しく憤るなか、茉奈美はためらいがちにブラジャーのホックを外した。

カップが横にずれ、お椀形《わんがた》の小振りな乳房が晒される。

桜色の乳頭に乳暈《にゅううん》、新鮮なミルクを溶かしこんだかのような肌。贅肉《ぜいにく》のいっさいない瑞々《みずみず》しい裸体に、意識せずとも胸が騒いだ。

続いて彼女はパンティの上縁に指を添え、恥じらいながら引き下ろしていく。

(マ、マジかよ)

十中八九、源一郎はうら若き乙女を蹂躙《じゅうりん》しようとしているのだ。

祖父の竜太郎も家政婦に手を出したが、その息子も同じ轍《てつ》を踏もうとは……。

悪魔としか思えぬ所業と血筋に、吐き気を催してしまう。

すぐにでもとなりの部屋に飛びこみ、力尽くでやめさせるべきか。

そう考えたものの、純白の下着が足首から抜き取られると、パブロフの犬とばかりに鼻の穴が開いた。

(毛、毛がないっ！　パイパンだぁ!!)

まだ生えていないのか、それとも剃《そ》り落としたのか。

いや、十七という歳を考えれば、剃毛《ていもう》しているとしか思えない。

ふっくらした恥丘の膨らみ、成長途上のなだらかなボディライン。おさげ髪の少女が地上に舞い降りた天使に見え、股間の逸物がいやが上にも反応した。

「か、かわいい……肌がツルツルだ」

思わず感想を告げた直後、友希に太腿をつねられ、激しい痛みに背筋を伸ばす。

横目でちらりと見やれば、彼女は睨みつけてから再び覗き穴に目を寄せた。

(おおっ、いてぇ……それにしても、これから何が始まるんだ？　旅館の女将を叔父さんに譲ったんだから、モノは役に立たないはずだよな。それに……)

平助は、何のために鎮座しているのだろう。

仮に茉奈美と淫らな行為に耽るつもりなら、異様な風体の男は邪魔なはずだ。

(ん？　なんだ、何か手に持ってるぞ)

不気味な使用人は無表情のまま、二本の赤いロープと鉄製のフックを手にしていた。

背筋に悪寒が走った刹那、源一郎がにやけ顔で指示を出す。

「おい、スケベ坊主！　ぼけっとしてないで、いつもどおりにしろ」

平助はコクリと頷いて立ちあがり、梁から垂れ下がったチェーンの輪っかにフックを掛ける。そして茉奈美を後ろ手にしたあと、乳房の上下と手首をロープで緊縛していった。

（か、完全なＳＭじゃないか……ロープの端をフックに括《くく》りつけて……あ、今度はもう一本のロープで右膝を縛りはじめたぞ）

綿素材の縄は肌に食いこんでも痛みはないのか、少女の顔に苦悶の様子は見られない。平助はロープの端を天井に向かって放《ほう》り投げ、梁に通してから全体重を乗せて引っ張った。

右足がくの字に曲がり、ゆっくり吊りあげられていく。

「あ、やっ」

彼女は初めて拒絶の言葉を発するも、あの状況ではもはや逃げだすことは不可能なのだ。

茉奈美は今や左足の爪先だけで立っている状態で、大切な箇所を隠せるはずもなく、やがて乙女の花園が余すことなくさらけ出された。

(お、おおっ)

浅ましいと思いつつも、瞬《まばた》きもせずに股間の中心を凝視してしまう。簡素な縦筋が目に入り、これまで経験したことのない背徳感に身の毛がよだった。

三人の様子を目にした限り、昨日今日始まった関係とは思えない。

茉奈美は何度も呼びだしを受けているはずで、果たして処女なのか、非処女なのか。

(この家に来てから、一年以上も経ってるんだっけ。でも……親父の奴《やつ》、ホントにあの子としちゃってるのかよ)

おぞましい光景が頭に浮かぶも、決して認めたくない。

口を引き結んでかぶりを振ると、源一郎が大きな声でストップをかけた。

「よし、それぐらいでいいだろ!」

平助は引っ張ったロープを再び右膝に通してから結びつけ、あこぎな緊縛を完成させる。

少女の目に涙は見られず、ただ羞恥に耐え忍んでいるように思えた。

(普通の女の子なら、泣きじゃくるはずだ。やっぱり……何度も呼びだして、辱めを与えてるんだ)

目尻を吊りあげたものの、なぜか胸のドキドキは止まらない。

源一郎は相変わらず冷ややかな笑みを浮かべ、茉奈美の股の付け根にゴツゴツした手を伸ばした。

「あ……ン、やぁぁ」

「や、じゃないだろ？」

節ばった指が内腿から鼠蹊部に這い、大陰唇をそっと撫であげる。

少女は顔を歪めるも、生白い腹部をピクピクと引き攣《つ》らせた。

「ほう、だいぶ感度がよくなってきたじゃないか。おマ×コのほうは、どうかな」

傲慢《ごうまん》な父は淫語を投げかけ、肉の綴《と》じ目に指先をスライドさせる。

コーラルピンクの内粘膜が微かに覗き、淫裂からほっそりした肉びらがはみ出ると、颯太のペニスもパンツの下で重みを増した。

友希相手に放出したばかりにもかかわらず、倒錯的かつ背徳的な光景が牡の本能を揺り動かす。

少女の股間からにちゅくちゅと淫らな水音が響きだすや、男の分身はグングン膨張し、あっという間に反り返った。

「なんだ、この音は？」

「そ、それは……あぁ」

「まだ小娘だというのに、いやらしい音を立てて……末恐ろしい奴だ。今日は、たくさんお仕置きしてやらんとな」

「旦那様……お許しください」

「おい、スケベ坊主！　例のものを出せ」

平助は先刻承知とばかりに、端に置かれた革製の黒いバッグを引き寄せる。

中から取りだした代物を目にした瞬間、颯太は頭をクラッとさせた。

彼が手にしていたものは、ペニスの形を模したバイブレーターだったのだ。

3

(嘘だろ……あんなものを使ってるのかよ)

バイブは息を呑むほどのビッグサイズで、黒艶溢れる胴体が圧倒的な威容を見せつける。

おそらく、茉奈美はすでにバージンではないのだろう。

旅館の女将を切ったのは、新鮮なおもちゃを手に入れたからなのか。

源一郎はバイブを引ったくるや、さっそくスイッチを押し、ブブブッと低いモーター音が鳴り響いた。

極太のディルドウがくねくねといやらしい動きを見せ、少女が泣きそうな顔で目を背ける。

「ふふっ、そうら、もう我慢できないんじゃないか？」

悪鬼の笑みを浮かべた父はバイブの切っ先を耳から首筋、胸元にゆっくり這わせ、さらには乳頭をねちっこくいらった。

「あ、あぁン」

茉奈美はやけに色っぽい声を出し、抜けるように白い肌をピンクに染めていく。

（おぉ……乳首が勃ってきた）

年端もいかない少女は、紛れもなく愉悦を得ているのだ。

最初に感じた嫌悪はいつしか頭の隅に追いやられ、期待感が夏空の雲のごとく膨らんだ。

ペニスの芯が疼きまくり、内腿に力を込めて淫情を無理にでも抑えこんだ。

バイブレーターが下腹から恥丘に向かい、丸みを帯びた先端が恥裂に添えられると、茉奈美は悲鳴をあげて身をひくつかせた。

「い、ひぃぃぃン！」

「ふふっ、ここか、ここが気持ちいいのか？」

「やっ、やっ、やぁあぁぁっ」

顔を左右に振って拒絶の姿勢を示すも、拘束された状態ではどうにもならない。やがてバイブは、振動を繰り返しつつ膣の中に埋めこまれていった。

（あ、ああ……入っちゃう、入っちゃう）

歪みのいっさいない陰唇が目いっぱい開き、破廉恥なグッズをゆっくり呑みこんでいく。

痛くないのか、つらくはないのか。ハラハラする最中、またもや想定外の出来事が起こった。

そばで正座していた平助が手をついて前に進み、茉奈美の真下で仰向けに寝転んだのである。

（おいおい！　何やってんだ、あいつ!?）

丈の長い白いブリーフは中心が大きなテントを張り、彼もまた性的な昂奮に駆られているのは明らかだ。

もしかすると、丸坊主の使用人とまぐわせるつもりなのかもしれない。

どんな展開が待ち受けているのか、予想だにできず、今や颯太の心は完全に色めき立っていた。

(ああ……根元まで入っちまった)

長大なバイブレーターが、見るからに狭隘《きょうあい》な膣道にぐっぽり差しこまれる。

茉奈美は唇を歪めているが、相変わらず泣きわめく気配は微塵《みじん》も感じられなかった。

それにつけても、気になるのは平助の存在だ。

乙女の秘園を真下から見上げて、悦に入っているのか。考えただけで、無性に腹が立つ。

(あのむっつりスケベめ！　ふだんはこそこそしてるくせに！)

使用人の突然の蛮行に、源一郎はなぜ怒らないのか。首を傾げた直後、茉奈美の顔が胸元まで紅潮した。

「どうなんだ？　気持ちいいのか！」

「あ、あ、あ……」

バイブはただでさえ膣内粘膜を攪拌《かくはん》し、性感ポイントを刺激しているはずなのだ。快感に抗えないのか、肌がしっとり汗ばみ、両足も小刻みに震えだす。

源一郎は頃合いを見はかり、ほくそ笑みながらバイブのスライドを開始した。

「ひっ……いひぃぃン！」

少女は高らかな声をあげたあと、狂おしげにいやいやをする。それでも父は怯むことなく、猛烈な勢いで腕を振りたくった。

「やっ、くっ、ンっ、はっ、あはぁあぁっ！」

茉奈美は眉根を寄せ、身を左右によじったが、悦の声をひっきりなしに放つ。

（か、感じてるんだ……あんなひどいことされて）

接合部からジュップジュップと濁音混じりの猥音が鳴り響き、ディルドウを伝う透明な粘液が平助の胸元にぱたぱたと降り注いだ。

「あ、はあぁあぁ！　だ、旦那様っ！」

「なんだ!?」

「そんなに激しくしたら、イッちゃいます！」

十七歳の少女は、エクスタシーに達した経験がある。大きなショックを受けるも、覗き穴から見える光景から目が離せない。

「もうイッちまうのか、この程度で！　なんていやらしい女だ!!」

差しを繰り返す。

「ひぃうぅぅぅっ！」

シミだらけの腕をこれでもかと振りたて、バイブが目にもとまらぬ速さで抜き
差しを繰り返す。

（ああ、む、無茶苦茶だぁ）

心の中で呆れる一方、身体は火がついたように燃えさかった。

源一郎は執拗《しつよう》な抽送を繰り返し、空いた手で少女の下腹を押さえつける。

「は、ひぃぃぃっ、だめぇ！」

狭めた膣道をバイブが抉りまわしているのか、一オクターブも高い声が耳をつんざき、やがて茉奈美は性の頂にのぼりつめていった。

「イクっ、イクっ、イッちゃう！　イッちゃいます!!」

彼女は細い顎を天に向け、恥骨を前後に振りたくる。

快感の高波が、何度も押し寄せているのだろう。瘧《おこり》にかかったように身を震わせるあいだも、源一郎はスライドのピッチを緩めない。

「ひっ……ひっ」

茉奈美は奇妙な呻き声をあげ、エンストした車さながら腰をわななかせた。

（あっ!!）

結合部の上方から透明なしぶきがほとばしり、同時に平助が大口を開けて待ち構える。

淫水は物の見事に口腔へ注ぎこまれ、コポコポと軽やかな音を立てた。

「わはははっ、お前は肉便器なんだから、一滴残らず飲み干さんと承知せんからな!!」

当主の命令は絶対なのか、坊主の男は喉を波打たせて乙女の分泌液を嚥下《えんか》する。

(し、潮を飲むために……仰向けに寝転んだのか)

唖然呆然とするも、アブノーマルなプレイはまだまだ終わらない。

源一郎がバイブを押しこんでから引き抜くと、おびただしい量の聖水が秘裂から噴きだした。

「ほうら、まだ出るぞ!　全部飲めっ!」

「あぶっ、あぶっ」

平助は噎《む》せながらも、湯ばりのシャワーを浴びつづける。

顔はもちろん、頭から胸元までびしょ濡れの状態で、もちろん一滴残らず飲み干せるわけがない。それでも源一郎は満足げに笑い、恥裂からはみ出た若芽を指で弄りまわした。

（すげえや、潮をバシャバシャ吹いてる……あ、親父の奴……）

陰裂からしぶきが噴出するたびに、ふんどしのフロントがググっと迫りあがる。

彼は間違いなく、倒錯的なプレイに昂奮しているのだ。

（お、おぞましい……おぞましすぎる）

狂気に満ちた実父の姿に総毛立ったものの、颯太自身も獣じみた性衝動を抑えられなかった。

4

「はあはあっ……あぁン」

真横から小さな喘ぎ声が聞こえ、ふしだらな熱気がムンムン伝わる。

横目で様子をうかがえば、友希はワンピースの下に右手を忍ばせ、肩を忙しなく動かしていた。

淫靡な光景の連続に、多大な刺激を受けたのだろう。左手がバストを揉みしだき、舌先で唇を何度もなぞりあげる。

（友希ちゃんも……昂奮してるんだ）

押し入れの中は二人の体温で蒸し、真夏でもないのに、額に滲んだ汗がツツッと滴り落ちた。

よくよく考えれば、友希にも桐生の血が流れているのだ。それなりにショックは受けているのだろうが、性感を昂らせたとしても不思議ではない。

「おおっ、一年ぶりにチ×ポがおっ勃ってきたぞ！」

源一郎は大袈裟《おおげさ》に喜び、ふんどしを取り外して股間の逸物を見せつける。

赤褐色の亀頭、がっちりえらの張った雁首、稲光を走らせたかのような静脈。

七十一歳とは思えぬ巨根ぶりに、颯太は口をあんぐり開け放った。

「おい、肉便器！　いつまで寝そべってるんだ！　早く下ろせっ!!」

「あ……旦那様、今日はトイレットペーパーの役目は？」

「ふざけんなっ、そんな暇があるか！　早くせいっ!!」

潮でずぶ濡れの平助は顔を引き攣らせて起きあがり、右足の結び目をほどいたあと、フックを外して茉奈美を畳に跪《ひざまず》かせる。

「後ろ手の拘束は外さんでいい！　お前は、横に座ってろ！」

よほど待ちきれないのか、源一郎は怒張を握りしめて腰を突きだした。

「しゃぶれ、しゃぶるんだ」

「ああ……」

絶頂の余韻に浸る茉奈美の目は、焦点がまったく合っていない。言われるがまま小さな口を開き、醜悪な牡の肉を咥えこんでいく。

剛槍が口中にみるみる姿を消し、苦しげな表情から頬がぺこんとへこんだ。

「むふっ、むふぅっ」

茉奈美は口元をモゴモゴさせ、舌で男根を愛撫しているようだ。しかも自ら顔をスライドさせ、脈打つ肉胴に大量の唾液をまぶした。

「おお、いい、気持ちいいぞ」

「ンっ、ンっ、ンっ」

鼻から息継ぎを繰り返し、手を使わない口唇奉仕が延々と展開される。唇の端から小泡混じりの唾液が溢れ、顎を伝ってだらりと伸びた。

(あの様子だと、フェラも前から仕込んでたんだ。でも……一年ぶりに勃ったって言ってたよな?)

高齢による精力減退なのか、それとも勃起障害を患ったのか。

いずれにしても源一郎は、無垢《むく》な少女とアブノーマルなプレイをすることで、かつての性欲を取り戻そうと考えたに違いない。

尋常とは思えぬ性への執着心に、背筋が凍りつく。

茉奈美のバージンを奪ったのは、アダルトグッズだとみていいだろう。

(あの様子じゃ、平助にさせるわけないし、第一、もったいないよな……あっ、何やってんだ、あのスケベ坊主!)

アシスト役の使用人は白いブリーフを脱ぎ捨て、正座の状態から矮小《わいしょう》なペニスをしごきはじめる。

ギョロ目がすっかり充血し、異様な姿はもはや妖怪《ようかい》にしか見えなかった。

すでに法悦のど真ん中にいるのか、源一郎は使用人に目もくれず、腰を盛んにくねらせている。

「おおっ、おおっ、おおっ!」

慟哭《どうこく》に近いよがり声をあげ、こちらも霊長類最強の性獣としか思えない。

剛直を口から抜き取っても、肉槍は萎《な》えずに天に向かってそそり立った。

「四つん這いになれ!　一年ぶりのおマ×コをするぞ!!」

「……あンっ」

茉奈美を無理やり俯《うつぶ》せにし、大きな手でヒップを鷲摑んで高々と持ちあげる。

(おいおい、やっちまうのか!)

目を剝いた瞬間、下腹部の中心に甘美な電流が走った。

友希が左手を伸ばし、マストの頂点をまさぐりはじめたのだ。

（あ、くうっ）

すっかり盛りがついてしまったのか、幼馴染みは覗き穴から視線を外し、おさな子のようにしがみついてくる。そして口元や首筋にキスの雨を降らし、短パンとトランクスを強引に剝き下ろした。

「はあ……我慢できない」

友希は耳元で囁《ささや》くや、身を屈めていななく男根に貪りつく。

じゅっぱじゅっぱと激しいフェラチオに愉悦するも、颯太の目はまだとなりの部屋にとどまっていた。

「はあぁ……旦那様ぁ」

「ぬおおっ、挿れるぞっ！」

源一郎が吠《ほ》えまくり、宝冠部の先端が臀裂の下方に差しこまれる。

（ああ、入る、入っちまう！）

思わず拳を握りしめた刹那、怒張はなぜか頭を垂れ、瞬く間に萎《しぼ》んでいった。

「くっ！　クソっ！　ここまで来て、だめなのか!!　おい、肉便器！　精力剤だ、精力剤を用意しろ……あ、お前、何やってんだ!?」

「は、ふぅぅん」

平助は気味の悪い吐息を放ち、虚ろな表情で腰をビクビク震わせる。尿道口から大量の白濁液が舞い飛ぶと、源一郎は天を仰いで嘆息した。

「あ、あああぁっ」

不気味な容姿の使用人は口から涎を垂らし、濃厚なザーメンをこれでもかと噴出させる。

さらには茉奈美の頭や腕、手に降りかかり、細い悲鳴が室内に轟いた。

「……ひぃぃぃっ!?」

阿鼻叫喚《あびきょうかん》の地獄絵図に吐き気を催し、生きていることさえつらくなる。

全身に鳥肌が立ち、さすがの颯太も覗き穴から目を背けた。

(さ、最悪だ……)

見てはいけないものを、見てしまった。

激しい後悔に身を竦《すく》めるも、下半身に快感の嵐が吹き荒れる。友希が鼻を鳴らし、がっぽがっぽとペニスをしゃぶりはじめたのだ。

「ンっ、ふっ、ンふぅっ」

「く、くおっ」

トルネードフェラで肉幹を絞られ、あまりの快美に臀部の筋肉が引き攣った。しかも、手首のスナップを利かせて根元をしごくのだからたまらない。

「ゆ、友希ちゃん」

「はぁン……颯ちゃん、戻ろ」

性感がピークに達したのか、彼女は怒張を口から吐きだし、身を起こして懇願する。

「も、戻るって、どこへ？」

「部屋に戻るの……あたし、もう我慢できないよ」

「あ、う、うん」

いつまでも押し入れの中に潜んでいるわけにはいかず、一刻も早くこの場から立ち去りたい思いもある。

颯太はコクリと頷くや、友希の手を取り、音を立てぬように畳の上に足を下ろした。

第四章　美麗な義姉の濡れた秘芯

1

五月五日の木曜日、達彦の通夜が厳かに執り行われた。

玄関口や大広間には鯨幕が張られ、庭には受付や会食場用のテントが設営されている。

供花に囲まれた白木の祭壇には兄の遺影が飾られ、広間に入りきれない参列者が数珠《じゅず》つなぎで玄関先に並んだ。

早い時間帯に、村人のほとんどが焼香に訪れたのではないか。

庭では通夜ぶるまいが催され、台所に立つ家政婦や近所の主婦らが酒食の用意と持ち運びに慌ただしく動きまわる。

僧侶の読経が終わる頃には弔問客も途切れ、颯太は疲労感丸出しの顔で溜め息をついた。

（はあっ、昨日……いや、今日か……部屋に戻って、また友希ちゃんと一発やっちまったもんな。俺……いったい何やってんだよ）

通夜の準備に朝から人の出入りが頻繁だったため、とてもゆっくり寝ていられなかった。

明らかに寝不足で、生あくびを何度も噛み殺す。

天国の兄が今の自分を見たら、嘆き悲しむに違いない。

もっとも、父の所業と比べたら、まだかわいいものだろうが……。

（まったく、とんでもないものを見ちまったよな）

源一郎、平助、茉奈美の奇抜な3Pは、人間の業の深さと愚かさをいやというほど植えつけた。

おぞましさを感じるかたわら、性衝動に抗えず、従姉と再び禁断の関係を結んでしまったのだ。

（情けない……友希ちゃんは、どう思ってんだろ）

祭壇を挟んで真向かいに座る人妻を見やれば、肌は艶々した輝きを放ち、疲労の色はまったく見られなかった。

欲求不満を解消したことで女としての潤いを得たのか、神妙な面持ちをしていても、生気に溢れているように思えた。

となりに鎮座する彼女の夫を直視できず、後ろめたそうに目を伏せる。

法話が終わり、僧侶が広間をあとにすると、源一郎と小夜子がすかさず見送りに出向いた。

(あ、いてて、足が痺れた……今どき正座なんて、勘弁してくれよ)

読経は、五十分近く続いたのではないか。そのあいだ、同じ姿勢で弔問客に頭を下げつづけたのだから、身体の節々にも痛みが走る。

緊張から解放され、足を崩した直後、友希が立ちあがりざま歩み寄った。

「颯ちゃん、大丈夫?」

「あ、う、うん」

昨日の今日だけに、人妻の顔がまともに見られない。

颯太は足の爪先をマッサージしつつ、目を合わせずに話題を変えた。

「それにしても……洪庵《こうあん》さん、まだご健在なんだね」

「今年、九十六だって」

「ほえぇ、言葉はしっかりしてるし、そんな歳には見えないよ」

与間井村の外れにある唯一の寺、慧眼寺《けいがんじ》は昔から桐生家と深い繋がりがある。

住職の洪庵は今は亡き祖父の親友であり、源一郎も子供の頃からかわいがってもらったらしく、事あるごとに相談する間柄だった。

今でも、二人の関係は変わらないのだろう。

(村のことはなんでも知ってる、まさに生き字引という存在だったけど……)

友希は畳に膝をつき、周囲に聞こえぬよう、身を屈めて囁いた。

「最近は物忘れが激しいんだって。昔は口が堅かったけど、余計なことベラベラしゃべっちゃうし、神経痛で朝井旅館の温泉にしょっちゅう通ってるみたい」

「朝井旅館？」

源一郎と女将の愛人契約が勇治に移った話は、静江から聞かされた。

もしかすると、身内の恥を彼女に伝えたのは洪庵なのではないか。

「どうしたの？」

「い、いや、なんでもないよ」

とぼけ顔で答えた直後、源一郎だけが大広間に戻ってくる。

(あれ、義姉さんはどうしたんだろ？)

訳もなく心配になった颯太は、友希に断ってから腰を上げた。

「ちょっと、トイレに行ってくるわ」

昨夜の父の姿が脳裏をよぎり、どす黒い不安がますます募る。

兄亡き今、あの野獣は息子の嫁にまで手を出すのではないか。

十代の使用人相手に欲望の限りを尽くし、挿入直前まで至っただけに、すぐにでもかつての獰猛な性欲を取り戻すかもしれない。

(やっぱり、義姉さんをこの家に残したまま帰るわけにはいかないな。一度、じっくり話し合わないと)

革靴を履いて玄関を出るや、口をだらしなく開けた平助が庭の隅に佇んでいる。

(こいつ……ホントに何を考えてんのか、わからんな)

会食場を見回せば、小夜子はどこにも見当たらず、静江と旅館の女将、美津子の姿が視界に入った。

二人はしおらしい態度で村人らと話しこんでおり、故人を偲《しの》んでいるようだ。

「静江さん、ちょっと……」

「あ、はい」

洋装の喪服に身を包んだ熟女は村人に頭を下げ、巨乳をふるんと揺らして歩み寄る。

三日前の交情が頭を掠め、牡の肉がピクンと反応するも、今は不埒なことを考えている場合ではない。

「義姉さん、見かけなかったですか？」

「通夜が始まる前に、ちょっと話したけど……いないの？」

「いや、今しがた、洪庵さんを見送りに玄関口まで出てきたはずなんですが」

「叔母ちゃんなら、あっちのほうに行ったよ」

静江の娘、天音がジュースの瓶を手に近づき、ガラス戸が開け放たれた縁側の奥を指差す。

兄夫婦の部屋がある方角だ。

「天音ちゃん、ありがとう」

「あ、颯太くん」

身を反転させたとたん、静江に呼び止められ、肩越しに振り返る。

「はい？」

「お兄さんのこと……気を落とさないようにね」

「……ありがとうございます」

颯太は頭をペコリと下げ、庭から縁側に直接向かった。

2

兄夫婦の部屋に向かえば、廊下に小夜子のスリッパが置かれている。

(やっぱり……部屋に戻ってたんだ)

颯太は襖の外から、ややためらいがちに声をかけた。

「義姉さん……いるの？」

しばし間を置いてから、掠れた声音が返ってくる。

「颯太……くん？」

「うん、ちょっといいかな？」

「え、ええ」

襖を静かに開けると、喪服姿の未亡人は背中を向け、白いハンカチを握りしめていた。

人知れず、夫の死を悼んでいたのかもしれない。

本来なら遠慮するべきなのだろうが、兄が亡くなってからはまともな話をしていないのだ。

昨夜の離れの出来事が頭から離れず、無神経を承知で踏みとどまる。

「大した用事があるわけじゃないんだけど、ちょっと心配になって……」

「ごめんなさい……しっかりしなきゃ、いけないわよね」

振り返った美女は微笑をたたえるも、完全な鼻声で目も充血していた。

(……泣いてたのか)

俯き加減で歩み寄り、精いっぱいの慰めの言葉をかける。

「この状況で、しっかりしてるほうがおかしいよ。俺には気をつかわずに、なんでも話してよ」

小夜子は一瞬、驚きの表情を見せたあと、美しい瞳を涙で膨らませた。

「……びっくりした」

「え？」

「あの颯太くんが、そんなこと言うなんて」

「お、おかしいかな？」

「ううん、あなただってつらいはずなのに……大人になったのね」

兄嫁はそう言いながら抱きつき、胸に顔を埋める。細い肩が震え、やつれた容貌が男の庇護欲を揺さぶった。

それでもこの状況では、さすがによこしまな気持ちは起きない。

颯太は背に手を回しつつ、今いちばんの心配事を小声で問いかけた。

「あ、あの……親父から、何か……言われてるんじゃない？」

兄は去年から入退院を繰り返しており、この家に源一郎と二人だけで過ごす機会はあったはずなのだ。

息子の嫁とはいえ、相手は十代の少女にまで手を出す男なのである。不能を改善するためなら、手段は選ばないはずで、何度も迫ったのではないか。

緊張に身を強ばらせた瞬間、小夜子はか細い声で答えた。

「……ええ」

心臓がバクバクと大きな音を立て、いやな汗が背筋を伝う。

(まさか……ホントかよ……ちっくしょう、あのクソ親父、ぶっ殺してやる!!)

実父への殺意を抱いたところで、兄嫁は想定外の言葉を口にした。

「颯太くんを説得しろって」

「……は？」

「桐生家の跡継ぎ、もうあなたしかいないでしょ？　だから、説き伏せるように言われたの。あなたが継いでくれること、すごく期待してるみたい」

とりあえず全身から力が抜け落ち、その場にへたりこみそうになる。

（もう……ハラハラさせないでよ。質問の仕方が悪かったのは、わかるけど）

とはいえ、兄の通夜の最中にストレートな言葉で問いただすことはできそうにない。仕方なく、颯太は小夜子の話に合わせた。

「跡継ぎが、なんだってんだよ！　そんなの、どうだっていいじゃん！」

「そう言わないで……この家に嫁いできた私の立場は、どうなるの？」

「あ、ごめん……確かに、家出同然の俺が言うことじゃないよね」

「そうよ、大人になったという前言は取り消すところだったわ」

彼女はここで初めて顔を上げ、白い歯を見せる。

美しい笑顔に安らぎを与えるオーラが、胸をときめかせた。

この人のためなら、どんなつらいことにも耐えられると思った。

亡兄に代わって、自分が彼女を守りたい。

悲壮な決意を秘めたものの、今は遠回しに小夜子の気持ちを探ることしかできなかった。

「義姉さん……こんなときに、こんなことを聞くのはなんだけど……」

「ん、何？」

「これから、どうするの？」

「どうするって……」

「兄貴がいない今、義姉さんがこの家に縛りつけられる理由はないだろ？」

「それは……」

未亡人は視線を逸らし、困惑げに口元を引き攣らせる。

「これからのことを含めて、一度ゆっくり話したいと思ってるんだけど……どうかな？」

「え、ええ、かまわないわ」

「ええと、明日の夜はどうかな？」

「明日？」

「うん、十時、いや、十一時に蔵の中で……もちろん、適当な場所があるなら、他でもいいけど」

カビ臭い蔵に呼びだすのは気が引けるが、誰の目もない場所で二人きりになりたいという心理が働いているのかもしれない。さりとて、離れだけは絶対に避けたかった。

「疲れているのはわかるけど、時間がないから、早めに考えておきたいんだ」

「ひょっとして、告別式が終わったら帰っちゃうの？」

「いや、それは話し合いの結果で決めようと思ってるけど……」

今度は颯太が口を噤み、苦しげな顔をする。

「……わかったわ」

「ホント!?」

「蔵の鍵は開けておくから。でも……約束して」

「な、何を？」

「東京に帰るの、もう少し先に延ばしてほしいの」

小夜子の心の内は読み取れないが、切羽詰まった態度が胸にズシンと響く。

潤んだ瞳に再び気を昂らせた颯太は、真剣な表情で彼女を見据えた。

「わ、わかった……義姉さんが望むなら、そうする。も、もし……」

「え？」

「その気があるなら、俺と……」

心臓が縮みあがり、村を出ていっしょになりたいという本心をなかなか告げられない。言葉の代わりに、颯太は唇を近づけた。

「……あ」

小夜子は息を呑んだものの、決して顔を背けない。

ふたつの唇が重なり合い、至福のひとときに頭がポーっとした。

（ね、義姉さんとキスしてる！）

彼女が村を訪れてから、この瞬間を何度夢見たことか。

不謹慎だとわかっていても、内からほとばしる情動を止められず、力強く抱きしめて可憐な唇を貪り味わう。

「ンっ、ふっ、ンぅっ」

くぐもった吐息が鼻から洩れ聞こえると、ズボンの下のペニスがみるみる膨張した。

閉じていた口が微かに開き、今度は熱い息と果実の匂いが吹きこまれる。

舌をこわごわ差し入れても、強硬な拒絶は示さない。

歯列や引き締まった歯茎、そして口蓋《こうがい》をなぞり、逃げ惑う舌を搦め捕っては清らかな唾液を啜りあげた。

情熱的なキスは、こちらの気持ちを一から十まで伝えたはずだ。

（やばい！　さ、最高だよっ!!）

股間にふっくらした下腹が当たり、心地いい感触に脳幹が甘く痺れる。

右手でもっちりしたヒップを撫でさすれば、手のひらを押し返す弾力に嬉々《きき》とした。

多大な悦楽を吹きこむことができれば、彼女の心は自分に傾くのではないか。

調子に乗った颯太は腰を引きざま、喪服の合わせ目に手を潜りこませた。

「……ンっ!?」

小夜子は慌てて手首を押さえつけるも、強引に差し入れた指は肌襦袢《はだじゅばん》の下もかいくぐる。

(あ、下着、穿いてないっ!)

生肌に続いて、柔らかい繊毛の感触をとらえ、一瞬にして頭に血が昇った。

この和毛《にこげ》の下に、秘めやかな女肉が息づいているのだ。

迷うことなく指を下ろすと、亀裂にすっぽりはまりこみ、豊かな腰がビクンとわななく。

(ね、義姉さんのおマ×コだっ!)

心の中でガッツポーズを作り、すぐさまスライドを開始すれば、ひくつく媚粘膜が早くも指先に絡みついた。

「ンっ、ふっ、ンっ……ふわぁ」

小夜子は忙しない呼吸を繰り返し、昂っているとしか思えない。

(ゆ、指だけでイカせるんだ!)

本能の命ずるまま指の動きを速めたとたん、胸を強く押され、颯太は唇をほどきざま大きくよろめいた。

彼女はすかさず後退し、着物の合わせ目から指を抜き取る。それでも昂奮覚めやらず、憧れの人を自分のものにしたい独占欲に駆り立てられた。

「ね、義姉さん!」

再び抱きつこうとした刹那、頬をピシャリとはたかれ、ようやく我に返る。

「……あ」

颯太は左頬を手で押さえ、小夜子の顔を呆然と見つめた。

彼女は柳眉《りゅうび》を逆立てるも、非難の言葉を浴びせることなく裾の乱れを整える。

「ご、ごめんなさい、俺……」

謝罪の言葉に聞く耳を持たず、美女は早足で部屋を出ていき、颯太は一人残された室内で嘆息した。

(あぁ、やっちまった……何、焦ってんだよ。やっぱり、ガキの頃から全然成長してないや)

夫を亡くしたばかりの妻の気持ちも考えず、己の欲望を満たそうとは……。

今さら後悔しても、あとの祭り。

頭を掻きむしろうとした瞬間、ハッとして眉をひそめる。テラテラと淫靡な輝きを放つ指先を、颯太は複雑な表情でいつまでも見つめていた。

3

翌日の六日、兄の告別式が午前中に執り行われ、午後は近親者だけで火葬場に出向いて荼毘《だび》に付した。

気まずさから小夜子と距離を取ったため、今日は朝から一度も会話を交わしていない。

果たして、彼女は昨日の約束を覚えているだろうか。

達彦のお骨とともに自宅に戻り、大広間で精進落としが催されるなか、颯太の目は意識せずとも小夜子の姿を追っていた。

(俺もバカだな、焦って調子に乗っちゃうなんて。でも……)

ディープキスと愛撫に感じていたのは紛れもない事実であり、嫌われたとは思いたくない。

「颯ちゃん、大丈夫？」

友希が夫のもとを離れて歩み寄り、心配そうに問いかける。

「昨日は、寝られなかった？」

「あ……うん」

「伯父さんも小夜子さんも、疲れのピークといった感じね」

「そりゃ、親父のほうは疲れることとしててんだから……」

颯太は小声で答え、広間の出入り口に待機している二人の家政婦のうち、茉奈美のほうをちらりと見やった。

「あぁ、そ、そうね」

離れの出来事を思いだしたのか、幼馴染みは頬を赤らめて話題を変える。

「会社のほうは、忌引きの連絡したの？」

「いや、そんな余裕なかった……明日、連絡するよ」

小夜子の返答次第では、明日中に村をあとにすることになるかもしれない。

（ふっ……返答も何も、蔵に来なかったら、もう帰るしかないけどな）

苦笑を洩らしたところで小夜子が立ちあがり、茉奈美にひと言ふた言告げてから共に広間をあとにする。

「どうしたのかしら、顔色が悪そうだったけど……」

もう一人の家政婦が空いた食器の片付けに近づくと、颯太はさっそく事情を尋ねた。

「義姉さん、どうかしたの？」

「え、ええ……気分が悪いそうで、床を敷いてほしいと仰ってました」

「そ、そう……ありがとう」

兄の死でいちばんショックを受けているのは他でもない、妻である小夜子なのだ。

（それなのに、あんな強引な迫り方をして……）

申し訳なさに消沈し、後悔から口をへの字に曲げる。

「無理ないわ、これだけバタバタしてたら……人が亡くなるって、本当に大変なことなのね」

「俺も……ヘトヘトかも」

「今日は、ゆっくり寝たほうがいいよ」

友希の言葉にコクリと頷きながらも、暗い海を一人漂うような気持ちになる。

あの調子では、約束した場所に小夜子が来るとは思えない。

胸がいっぱいになり、颯太は料理を半分以上残したまま箸《はし》を置いた。


その日の午後十一時、寝床から脱けだした颯太はスウェットズボンを穿き、シャツを羽織って自室をあとにした。

二時間ほど仮眠を取ったため、頭はすっきりし、疲労感もほぼ消え失せている。

小夜子が来るか来ないかは期待半分、あきらめ半分といったところか。

(いや、来るはずないよ……体調、悪そうだったもん。まだ、寝てるんじゃないかな)

暗い廊下を歩いて居間に向かい、サンダルを履いて裏口の戸を開ける。

この村は鍵をかける習慣がなく、小夜子が蔵に赴いた確証は持てない。

颯太は母屋の裏手の砂利道を忍び足で歩き、蔵を通り過ぎてからぐるりと回りこんだ。

(あ、あれ、まさか……)

身を屈めて確認すると、扉の錠前が外されている。ひょっとして、小夜子はすでに来ているのだろうか。

鉄製の引き戸を開けると、薄明かりが目に入り、心臓がバクンと大きな音を立てた。

出入り口の右側には木造の階段があり、二階部分は蔵の奥半分を占めている。

一階の奥の裸電球があたりをぼんやり照らし、すぐさまネイビーブルーのワンピースを着た小夜子が目に入った。

（あ……来てくれたんだ）

胸が躍るも、これから大切な話し合いが控えているだけに素直に喜べない。

引き戸をゆっくり閉め、視線を落として美女のもとに歩み寄る。

隅には使用しなくなった椅子やテーブル、三人掛けのソファが雑然と置かれ、狭いスペースに二脚の椅子が向かい合わせに配置されていた。

「……来てくれたんだ」

「だって、約束でしょ？」

「寝こんでたみたいだけど、大丈夫なの？」

「寝不足だったから……ぐっすり眠れたし、もう大丈夫よ」

小夜子ははっきりした口調で答え、涼しげな笑みを返した。

（ああ、よかった）

彼女が不機嫌に見えたのは、自分と同様、疲労が溜まっていただけなのだ。

「そ、そう……あ、あの、昨日のことだけど、ごめんなさい……つい、自分の気持ちを抑えられなくなっちゃって」

「もういいわ……ただ、びっくりしただけだから。そんなことより、建設的な話をしましょ。座って」

「……うん」

促されるまま椅子に腰かけ、彼女も席に着く。

暖色系の薄明かりが美貌に陰影を作り、図らずも妖艶《ようえん》な雰囲気を醸しだした。

（いかん、いかん！　今日は、そんなつもりの話し合いじゃないんだから）

居住まいを正し、真面目な表情で話を切りだす。

「さっそくだけど、これだけは聞いておきたいんだ。義姉さん、この先……どうするの？」

率直に今の懸念事項をぶつければ、未亡人は目を伏せ、小さな声で答えた。

「正直……今の時点では何も考えられないの」

「昨日も言ったけど、この家に居つづける必要はないと思うんだ」

「確かにそうかもしれないけど……達彦さんが亡くなったから籍を抜くって、そんな薄情なことはできないでしょ？　それに……」

「それに、何？」

「姉のこともあるの……姉妹二人きりだし、私を頼ってこの村に来たんだもの。私だけ、出ていくわけにはいかないのよ」

小夜子は言葉を区切り、苦渋に顔を歪める。

もしかすると、静江の就職先を斡旋し、また金銭的な援助をしているのは達彦ではなく、源一郎なのかもしれない。

（そうか……だとしたら、この家から離れられないよな。しかも静江さん絡みじゃ、確かに彼女の言うこともわかる……どうすりゃ、いいんだ）

本音を言えば、小夜子を桐生の家に縛りつけたままにしておけない。

いよいよ、覚悟を決めるしかないのか。

「颯太くんは、どうするの？　この村に帰ってくるつもりはないの？」

「お、俺は……」

この機を逃したら、二度と思いの丈を告げられない気がする。

颯太はひと呼吸置いてから、自身の気持ちを正直に打ち明けた。

「義姉さんと……いっしょになりたいんだ」

「……え？」

「初めて会ったときから、ずっと憧れてたんだ。兄貴と結婚したときはすごくショックだったけど、その気持ちは今でも変わってない。もし……義姉さんと再婚できるなら、村に帰ってきてもいいと思ってる」

小夜子は驚きに目を見張り、沈黙の時間が流れる。やがて唇をゆっくり開き、やや掠れた声で聞き返した。

「ほ、本気で……言ってるの？」

「もちろん、本気だよ！　親父には、俺のほうから話すから!!」

確固たる決意を表明したものの、よほど衝撃だったのか、彼女は激しくうろたえる。

「で、でも……」

「わかってる、いろいろと問題があることは！　それだけ、俺が真剣なんだってことはわかってほしい!!」

颯太は席を立って小夜子の前に跪き、ほっそりした手を強く握りしめた。

「い、いきなり、そんなことを言われても……」

「ごめん！　でも、今しか言えないから!!」

美しい兄嫁は華奢《きゃしゃ》な肩を震わせ、涙をはらはらこぼす。

今の時点では困惑の涙なのか、うれし涙なのかはわからない。

緊張の面持ちで待ち受けるなか、彼女は手の甲で涙を拭ってから答えた。

「うれしいわ……ホントのこと言うと、あの人が亡くなって、耐えられないほど寂しかったの」

「そ、それじゃ……」

嬉々としたのも束の間、小夜子は寂しげな表情で首を横に振る。

「ど、どうして!?　親父から説得するよう、言われてるんでしょ？　俺と再婚すれば、すべて丸く収まるじゃん！」

理由を聞きだそうとしても、彼女は押し黙ったまま答えず、儚《はかな》げな笑みを浮かべてから口を開いた。

「あなたは、まだ若いわ……もっと素敵な女性が現れるだろうし、私のことはいいから、自分のための人生を生きるべきだと思うの」

「そ、そんな……」

小夜子の主張は理解できるのだが、とても納得できない。もはや、彼女のいない人生など考えられないのだ。

「でも……颯太くんの気持ち、本当にうれしかった」

「俺、あきらめないからね！」

「もう、困らせないで……あっ」

感情を抑えられずに唇を寄せると、美女は顔を振ってキスを躱す。

もはや駄々っ子と同じだが、今は愛する人をどうしても自分のものにしたいという気持ちに衝《つ》き動かされた。

「だ、だめよ」

「好きだ！　好きなんだ!!」

「私は、あなたより八つも年上なのよ」

「そんなこと、関係ないよ！」

小夜子は腰を上げて拒否するも、腕をがっちり摑んで離さない。

力任せに抱き寄せても、美女は必死にもがくばかりだ。それでも怯まずに唇を奪えば、身体から力が抜け落ち、しなやかな手を颯太の背に回してきた。

「ンっ、ンふぅ」

吐息混じりの声が鼻から抜け、性的な昂奮から体温が急上昇する。海綿体が熱い血液に満たされ、ペニスがズボンの下でみるみる体積を増す。

彼女は抵抗の素振りをまったく見せず、自ら舌を差し入れて唾液を啜りあげた。ふくよかな胸をギューッと押しつけられ、至福のひとときに色めき立つ。顔を左右に振りながら舌を搦め捕り、昨日とは打って変わった積極的な振る舞いに、颯太のほうが面食らった。

(あ、ああ……すごいキス)

温かい手が腰から太腿の側面に下ろされ、優しく撫でさすられる。ズボンの上から触られているだけなのに、背筋がゾクゾクし、甘美な性電流が身を駆け抜けた。

互いの粘膜と唾液を交換し、情熱的なキスが延々と繰り広げられる。

唇がほどかれると、小夜子は目元をねっとり紅潮させ、あだっぽい風情に颯太の男が騒いだ。

「……これっきりよ」

「え?」

「一度だけなんだから」

「い、いやだよ、そんなの……あ、くふっ」

両の手で股間の頂をそっと包まれ、反射的に背筋を伸ばす。白魚のような指が膨らみを這いまわるたびに、性感がますます研ぎ澄まされた。

「すごい……コチコチ」

「あぁ、あぁ」

一度限りなんて絶対に認めたくないが、説得しようにも、あまりの昂奮にまともな言葉が口をついて出てこない。

「悪い子ね、こんなに大きくさせるなんて」

「は、ふうっ」

指先が三角の頂をくるくる撫でまわし、情欲が一足飛びにレッドゾーンに飛びこんだ。

「こっちのほうは、完全に大人になっちゃったのね」

「はあはあ、はぁぁっ」

考えてみれば、童顔の義弟はかつての教え子なのである。

小夜子にはまだ子供にしか見えず、それが愛の告白を受けいれられない要因のひとつになっているのかもしれない。

(お、俺は……大人の男になったんだ)

彼女の姉に素人童貞を捨て、幼馴染みとも男女の関係を結んだ。

経験値こそ低いとはいえ、女の裸ばかり妄想していた十代とは違うのだ。

大人の余裕を見せつけ、なんとしてでも考えを改めさせなければ……。

固い決意を秘めたものの、全身の血が逆流し、どうしても猛々しい欲望を抑えられない。

小夜子が腰を落としざま、ズボンを下着ごと引き下ろすと、性衝動は瞬時にして頂点に導かれた。

4

「あ、うっ」

いきり勃った怒棒がぶるんと弾け、先走りの汁が扇状に翻る。

憧れの人の前で欲情した姿をさらけ出し、恥ずかしさで顔が火傷《やけど》したように熱くなった。

「……すごいわ」

小夜子は目を潤ませ、やや上ずった口調で呟く。

兄が去年から体調を崩したことを考えれば、夫婦の営みは途絶えていたのかもしれない。

熟れた肉体が、性的な欲求を抱えていたとしても不思議はないのだ。

(たっぷり、気持ちよくさせてあげるんだ……そうすれば、絶対に気が変わるはずだよ)

そう考えた直後、白い指が肉幹に絡みつき、ペニスがドクンと脈打った。

(く、ぐうっ！　我慢、我慢だぁ)

こんなところで暴発しては元も子もなく、括約筋を引き締めて踏ん張る。それでも性感はリミッターを振り切り、ふたつの肉玉がクンと持ちあがった。

小夜子は亀頭の先端を見つめ、怒張をシュッシュッと軽やかにしごく。

「く、おおぉっ」

あまりの快美に筋肉が硬直し、手を動かすことすらできない。

鈴口から我慢汁がじわりと滲みだすや、彼女は熱い吐息をこぼし、胸の膨らみを忙しなく波打たせた。

可憐な唇が近づき、イチゴ色の舌が差しだされる。宝冠部の切れこみをそっと掃き嫐られ、とろとろの粘液が銀色の糸を引く。

小夜子は陰嚢から裏茎にソフトなキスを浴びせ、舌先で雁首をツツッとなぞりあげた。

「おふっ!?」

思わず腰を引いたものの、麗しの未亡人はペニスを引き寄せ、真上からがっぽり咥えこむ。

（あ、ああっ……義姉さんが、俺のチ×ポを!?）

自分は今、夢にまで見た痴戯を体験しているのだ。

幸福感と充足感に浸ったのも束の間、性欲のタイフーンはさらに勢力を強めて下腹部全体を覆い尽くした。

くぽっ、ぐぽっ、ぐぽぽぽっ、ぎゅぷぷぷっ！

小夜子は唾液混じりの猥音を響かせ、男根を口腔にゆっくり招き入れる。そのままズズズッと根元まで呑みこまれ、想定外のディープスロートに目を剝いた。

顔が上下に打ち振られ、清らかな唾液が肉胴を伝って滴り落ちる。

頰を鋭角に窄めた容貌が視覚を、派手な吸茎音が聴覚を刺激し、あまりの昂奮と感激に立っていることすらままならない。

両膝をわななかせたところで、小夜子は首をS字に振り、イレギュラーな快美を吹きこんだ。

「ぬ、ぬおぉっ」

濡れた唇が胴体を何度も往復し、自分の意思とは無関係に白濁のマグマが火山活動を開始する。

（あぁ、すごい……やばい、やばいよ……まさか、義姉さんがこんなやらしいフェラするなんて）

主導権を奪おうとしても、今は快感に耐えるだけで精いっぱいだ。

（ああっ……だ、だめだ）

ついに崖《がけ》っぷちに追いこまれた颯太は、恥も外聞もなく我慢の限界を訴えた。

「そ、そんなに激しくしたら、出ちゃうよ！」

声高に叫んでも、小夜子はバキュームフェラをやめない。肉棹がドクンと脈打ち、青筋が破裂せんばかりに膨張する。

「ね、義姉さんっ!!」

今度は脳天から突き抜けるような声を張りあげると、美女は怒張を口からちゅぽんと抜き取り、淫蕩《いんとう》な笑みをたたえて腰を上げた。

「はあはあ、はあぁあっ」

「だめよ……こんなんでイッちゃ」

とろんとした目、捲れあがった唇が色っぽく、胸の高鳴りを抑えられない。

無意識のうちに唇に貪りつき、少しでもインターバルを空けようと試みる。

ところが小夜子は剛直を握りしめ、猛烈な勢いでしごきたてた。

胴体にまとわりついた唾液が潤滑油の役目を果たし、ぐっちゅぐっちゅと淫靡な抽送音が鳴り響く。

「むふっ、むふっ、むふぅっ！」

キスに集中できずに噎せるなか、またもやペニスが放出に向けていななく。

美女はすぐさま手の動きを止め、唇をほどいて囁いた。

「もう少し我慢して」

「はあはあ、ふうっ、はあっ」

未亡人の巧緻を極めたテクニックには、とても敵いそうにない。

とうとう白旗を掲げた颯太は、見栄を張らずに素直な心情をぶつけた。

「ね、義姉さんのも見たいよ……見せて」

「だめっ」

「ど、どうして？　俺のはさんざん見たじゃない！」

「私のは、いいの」

「そんなの納得できないよ」

唇を尖らせると、彼女は甘くねめつける。キッとした表情も愛くるしく、颯太は細い手首を摑んで三人掛けのソファに歩み寄った。

「ちょっ……何するの？」

「勝手に見るの」

「あ、やっ」

抱きつきざま押し倒せば、ワンピースの裾が捲《まく》れ、むっちりした太腿とショーツが剝きだしになる。

「あぁン、だめだったら」

小夜子は身を左右に振って拒否したが、颯太はかまわず純白の布地を引き下ろした。

「やめなさい！　颯太くん、先生の言うことが聞けないの!?」

「もう、先生じゃないですから」

ショーツを足首から抜き取り、ニヤリと笑う。

「このパンティ、もらっていいですか？」

「だ、だめよ！」

小夜子は泡を食い、布地を引ったくって腰のポケットにしまいこんだ。

多少なりとも余裕が生まれ、淫靡な眼差しを下腹部に注ぐ。

すかさずワンピースの裾をたくしあげれば、彼女はくの字に曲げた足で神秘のとばりを隠した。

「見せてください」

「……いやよ」

泣きそうな顔で拒絶する振る舞いが、たまらなく愛おしい。

強引に膝を割り開き、女肉を目に焼きつけようとしたが、敵もさる者。素早く腰をよじり、両手で秘園を覆い隠した。

「手をどけてください」

「いやよ」

「いいじゃないですか、どうせ夫婦になるんだから」

「そんなこと、了承してないでしょ」

「見せてください！」

「しつこい人ね」

たわいのない睦言《むつごと》を交わしているだけでも、心がウキウキ弾んでくる。

（やっぱり……かわいいや）

小夜子を心の底から好きだと再確認したところで、颯太はかまわず身を屈め、指の隙間に舌をすべりこませた。

「あ、やっ……ン、ふぅっ」

ぬるりとした感触に続き、ムワッとした熱気が立ちのぼる。

甘酸っぱい味覚を味わいつつ舌を上下させれば、とろみの強い愛蜜がゆるゆると溢れだした。

「やっ、やっ、颯太くん、やめて」

彼女は指を左右にずらして制そうとするも、舌を脇から潜りこませてスリットを舐めあげる。

「……ひぃ」

やがて陰核を捉えたのか、小夜子は細い声をあげ、身をビクンと引き攣らせた。

チャンスとばかりに内腿を手で押さえつけ、クリットに狙《ねら》いを定めてつつき、はたまたこねまわす。

女芯は明らかにしこり勃ち、彼女も性感を高めているのは間違いないのだ。

両手は相変わらず局部を覆っているが、今は宙に浮いており、なんの役にも立っていない。

(チャンス！)

小夜子は顔を背けて目を閉じており、颯太はここぞとばかりに手を払いのけ、ふっくらした恥丘の膨らみにかぶりついた。

「あ……やぁぁあっ！」

しゃにむに顔を左右に振り、唇で女唇を撫でつける。口を窄めてクリットにしゃぶりつき、前歯と舌のあいだに挟んで思いきり吸引する。

口の周囲は瞬く間に恥液でべとつくも、気にする素振りを見せず、不埒なクンニリングスに没頭した。

「あ、やっ、やっ、やぁぁっ」

美女は喘ぎ声を懸命に堪えていたが、鼠蹊部の震えは目に見えて全身に伝播《でんぱ》していく。

(このまま、なし崩し的にエッチまで持っていくんだ！)

渇いた肉体に潤いを与えれば、小夜子の考えも変わるかもしれない。

いやというほど満足させ、一度きりと言わず、二度目、三度目に繋げるのだ。

(そのために、まずは口だけでイカせないと！)

積極果敢に陰核を口腔で甘噛みすれば、恥骨が上下に振られ、両足がググッと狭まった。

「あっ……っつっ！」

猛烈な力で顔を挟まれ、頬骨がゴキゴキと軋《きし》む。

仕方なく口から肉芽を吐きだすと、足から力が抜け落ち、颯太は怪訝《けげん》な表情で仰ぎ見た。

小夜子は双眸《そうぼう》を閉じたまま、ピクリとも動かない。顔はすっかり上気し、快楽の波間をたゆたっているとしか思えなかった。

（まさか……イッちゃったのか？）

クンニを始めてから五分も経っていないはずで、それほど欲求が溜まっていたのか。愉悦に浸っている隙を突き、颯太は無防備と化した女肉の花を穴の開くほど凝視した。

大陰唇はベビーピンクに染まり、ほっそりした小陰唇が艶々した輝きを放つ。ちょこんと突きでたクリットが目に映え、可憐な様相は百合《ゆり》の花を見ているようだ。

恥割れから微かに覗く内粘膜は鮮やかな紅色に彩られ、滾々と溢れだすラブジュースに生唾を飲みこんだ。

(き、きれいなおマ×コ……あぁ、た、たまらないよ)

懸命な口戯が功を奏したのか、女陰はすっかり溶け崩れ、芳醇《ほうじゅん》な香りをムンムンと発しては鼻腔を燻す。

さらなる愛撫で性感を高めさせたいが、とても待ちきれない。

颯太はしなる男根を握りしめ、肉槍の穂先を舟状の割り開きにあてがった。

「……あ」

気配を察したのか、小夜子は目を開け、切なげな眼差しを向ける。

唇のあわいから、拒絶の言葉は出てこない。

結合を望んでいると確信し、腰をゆっくり突き進めれば、美しい容貌が一瞬にしてたわんだ。

(むうっ……入り口が狭くて、雁首が引っかかる)

もちろん中止する気はさらさらなく、気合いもろとも一気に怒張を繰りだす。

「あ、あ、あ……」

美女が呻き声をあげた直後、雁首が膣口を通過し、ぬるりとした感触が頭頂部をしっぽり包みこんだ。

「お、おおっ」

媚肉の連なりを掻き分け、男の核弾頭が膣の奥へ突き進んでいく。

ほっくりした柔肉が根元まで覆い尽くすと、颯太は心の中で快哉《かいさい》を叫んだ。

(やった！ ついに、義姉さんとひとつに結ばれたんだっ!!)

初めて会った日から、およそ十年。この瞬間を、どれだけ夢想したことか。

兄に申し訳ないと思う一方、全細胞が歓喜の渦に巻きこまれ、ただ繋がっているだけでも快感の高波が次々に襲いかかる。

「義姉さん……好きだよ」

自身の気持ちを改めて告げれば、小夜子は首に手を回し、口元に熱いキスを見舞った。

男女の関係を結んだことで、頑《かたく》なな心も解けたのだろうか。

(いや、義姉さんは一度きりだと、はっきり口にしたんだ！ こんなんじゃまだまだ、しっかり満足させてあげないと！)

至高の快美を吹きこもうと、スローテンポの律動を開始したものの、射精願望は意に反して急上昇する。

愛液が多量に溢れだしたのか、狭隘と思われた膣道が緩み、抜群の締めつけ具合で肉悦を与えてくるのだ。

いつの間にか膣内粘膜もうねりだし、上下左右から肉根を優しく揉みこんだ。

(ぐうっ……き、気持ちよすぎる)

自然と腰のピッチが速度を増し、結合部から卑猥な破裂音が響きだす。

「ああ、いい、いいわぁ」

「く、くふぅ」

「颯太くんの、おっきくて硬い……すぐにイッちゃいそうよ」

「お、俺も、我慢できないかも」

小夜子が身悶えるたびにとろとろの膣襞が男根を引き絞り、頭の中を火の玉がぐるぐる駆け巡った。

それでなくても、淫らな口唇奉仕で射精寸前まで追いこまれていたのだ。

放出願望をコントロールできぬまま、快楽の奔流に足を掬われ、脳幹で白い火花がバチバチと弾け飛ぶ。

気がつくと、颯太は怒濤のピストンで膣肉を穿《うが》っていた。

「ひぃ……いいっ」

小夜子が眉根を寄せて噎び泣くあいだ、亀頭冠で子宮口を貫き、恥骨を打ち砕く勢いで抜き差しを繰り返す。

「ぬおおっ」

「す、すごい、すごい、やぁあぁぁっ」

ふくよかな肢体が上下に激しく揺れ、古びたソファがギシギシと軋んだ。

ほつれ毛が頬に張りつき、額に汗の粒がびっしり浮かんだ。

粘り気の強い蜜液が胴体に絡みつき、今ではひりつきや抵抗感はほぼ消え失せている。

(これなら……なんとか保ちそうかも)

颯太はさらに足を大きく広げさせ、熟れた肉体に快楽の爪痕《つめあと》を残そうと躍起になった。

「ああ、イッちゃう！　イッちゃうわ!!」

「いいよ、イッても！」

余裕綽々《よゆうしゃくしゃく》の表情を装い、さらにスライドの回転率をトップギアに跳ねあげる。

「お願いっ！　颯太くんも、いっしょにイッて!!」

「な、中に出してもいいの!?」

「いいの！　出して、いっぱい出してぇっ!!」

中出しの了承を得たとたん、腰に熱感が走り、白濁の溶岩流が噴火口になだれこんだ。

「お、おおおっ」

「いやぁ、イクっ、イッちゃう！」

「ああっ、イクっ、俺もイクっ」

「イクっ、イクイクっ、イックぅぅぅン!!」

小夜子が身を弓なりに反らし、豊満な腰をぶるっぶるっとわななかせる。

絶頂を見届けたあと、颯太は腰の動きを止め、ありったけの牡の証を肉洞の中にほとばしらせた。

「く、ぐうっ」

顎を突きあげ、脳漿《のうしょう》が蕩けそうな快美に身を委《ゆだ》ねる。

五感が痺れ、今は何も考えられない。

思いの丈を心ゆくまで吐きだした颯太は、いまだに身を痙攣《けいれん》させる小夜子にしなだれかかった。

「はあはあ、ふう、はあっ」

心臓がドラムロールのごとく鳴り響き、全身の毛穴から大量の汗が噴きこぼれる。愛する人の身体をひしと抱きしめ、念願を叶《かな》えた幸福感に浸りつつ、この時間が永遠に続いてほしいと思った。

できることなら、このまま彼女を連れて家から逃げだしたかった。

ようやく息が整いだし、同時に一抹の不安が頭を掠めだす。

果たして、こちらの思いは通じたのだろうか。

「いっしょに……なってくれる？」

恐るおそる問いかけるも、小夜子は何も答えずに髪を撫でるばかりだ。やはり経験値の低さはいかんともしがたく、満足できなかったのかもしれない。

「俺……あきらめないからね」

自分に言い聞かせるように呟くや、小夜子は答えの代わりに颯太の身体を強く抱き返した。

第五章　美少女家政婦の淫らな奉仕

1

翌日の七日、土曜日。

颯太はスマホで友希を呼びだし、待ち合わせ場所に指定した山の麓《ふもと》にある古民家カフェに向かった。

カフェといっても、洒落《しゃれ》た雰囲気は微塵もなく、年老いた村人らの溜まり場になっている店だ。

小夜子は早々と朝食を済ませたあと、静江のもとに出かけたらしく、顔を合わせることはなかった。

（もしかすると、恥ずかしかったのかもな。昨日は、エクスタシーまで導いちゃったし。でも……）

色よい返事は最後まで聞けなかっただけに、やはり不安は隠せない。もっとも、夫の告別式の翌日に答えを出せというほうが無茶な話なのだが……。

(兄さん、ごめん……でも俺、ホントに義姉さんのことが好きなんだ。絶対に幸せにしてみせるから、許してよ)

胸底で亡き兄に謝罪し、古民家カフェの引き戸を開ける。

まだ午前中のせいか、村人らの姿はなく、窓際の席に友希の姿が見て取れた。

「颯ちゃん、こっち」

「あぁ、ごめん、ごめん。急に呼びだしちゃって」

「いいけど、できれば家で会いたかったな」

「え?」

「そうすれば、またエッチできたのに」

「しっ! 声がでかいよ」

能天気な幼馴染みは頬をぷくっと膨らませ、腋《わき》の下がじっとり汗ばむ。

腰の曲がった老婆が水の入ったグラスを持ってくると、颯太は引き攣った顔で声をかけた。

「おばあちゃん、お久しぶり! 元気そうだね」

「ああ? 二人ともアイスコーヒーでいいのかい?」

「は？　ああ、それでいいよね？」

「うん」

老婆が踵《きびす》を返してキッチンに戻り、友希がさもおかしそうに笑う。

「ふふっ、よく聞こえてないのよ。最近は、すっかり耳が遠くなったみたいで」

「もう……ハラハラさせないでよ」

「こういうときに、イトコ同士っていいかもね」

「何が？」

「だって、人妻といっしょにいたって、変な目で見られないでしょ？」

「まあ……確かにね」

「ところで、相談ってなんなの？」

「ああ、うん、えっとね……」

気まずげに頭を掻くなか、勘のいい彼女はじろりと睨みつけた。

「なんか、おかしいよ」

「へ？」

「妙にニヤニヤしてる。ひょっとして……小夜子さんと何かあった？」

「驚いたな、そんなことまでわかるなんて」

「ちょっと、マジっ!?」

「うん……昨日の夜、告白して……そういう雰囲気になって……」

「し、信じられない」

よほどの衝撃を与えたのか、彼女は身を起こし、鳩が豆鉄砲を食ったような顔をする。

「むかつく！　それで、のろけ話を聞かせたいわけ？」

「ち、違うよぉ……実はいっしょになりたいってプロポーズしたんだけど、はっきり答えてくれなくて……それで、友希ちゃんの意見を聞いてみたいと思ったんだ。女心なんて、俺にはわからないから……」

「ふうん、なるほどね……まあ、達彦兄さんが亡くなったばかりだし、すぐに答えを出せないのは仕方ないんじゃない？」

「やっぱり、そうなのかな……ほら、俺は七年も家を離れてただろ？　そのあいだは連絡なんかほとんど取らなかったし、俺と義姉さんのあいだで他に何か支障になることがあるんじゃないかと思って」

身を乗りだして問いかけると、友希は腕組みをして首を傾げた。

「実は俺、今日にでも親父に話すつもりでいるんだ。義姉さんと、いっしょになりたいって」

「えぇっ!?　ほ、本気なの？」

「ああ、本気さ」

「ちょっと、早急すぎるんじゃない？」

「うん……だけど、俺も先のことを考えないと。さっき会社に連絡して、来週の木曜まで休みを取ったけど、中途半端のまま東京には帰れないから」

「そっか……そうだよね」

「それに義姉さん……静江さんのことがあって、村を離れる気はないみたいなんだ。結婚することになれば、俺は会社を辞めて戻ってこなきゃいけないし……いったいどうしたものか、悩んでるんだよ」

沈黙の時間が流れ、重苦しい雰囲気が漂う。やがて友希は、やけに難しい顔で口を開いた。

「颯ちゃんが村を出てから、私も本家のほうにはあまり顔を出さなくなっちゃったの。結婚したあとは、特にね……だから、よくわからないのよ」

「……そうか」

肩を落としたところでアイスコーヒーが運ばれ、とりあえず渇いた喉を潤す。

果たして、源一郎はどんな反応を示すのか。傲慢で自己中心的な性格を考えれば、まともな答えが返ってくるとは思えない。

話を有利に進める何かしらの情報が手に入れば心強いのだが、当たって砕けろの精神で挑むしかないのか。

渋い表情をした直後、友希が思いだしたように呟いた。

「あ、そうだ……洪庵さんなら、何か知ってるかも」

「……え？」

「伯父さん、今でもたまに会って話をするって言ってたわ。昔から、何かあるたびに相談もしてたじゃない」

「洪庵さん……か」

確かに、桐生家の内情を誰よりも知っている村人は彼以外にありえない。

父と通じ合っている人物に接触するのは気が引けるが、それだけ有益な情報を手に入れる可能性も高いのだ。

「すぐそばだし、行ってみよ！」

「え、今？」

「そっ、善は急げって言うでしょ！」

行動力のある幼馴染みは椅子から立ちあがり、伝票を手にさっさとレジに向かって歩きはじめる。

正直、気乗りはしないが、こうなった以上は仕方がない。

友希はよかれと思い、対応策を絞りだしてくれたのだ。

感謝の念を抱きつつ、颯太も腰を上げて彼女のあとに続いた。

2

(緊張するな……どうやって、話を切りだすかな)

慧眼寺の応接間に通された颯太と友希は、堅苦しい態度で洪庵を待ち受けた。

寺院は鎌倉《かまくら》時代に創建されたが、桐生家から多大な寄付を受けているせいか、悠久の年月を経た印象は受けない。

修繕もしっかり施しており、静謐《せいひつ》な佇まいがさらなる圧迫感を与えた。

やがて扉がノックされ、略装用の法衣《ほうえ》に身を包んだ洪庵が世話役の女性とともに現れる。

「おうおう、これは珍しいお客さんだ」

颯太と友希はすぐさま立ちあがり、深々と頭を下げて感謝の意を述べた。

「先日は、兄のことで大変お世話になりました。本日はお忙しいなか、突然お邪魔してしまい、誠に申し訳ありません！」

「そうしゃちほこばらないで……まあ、お座りなさい」

「失礼します！」

再び腰を下ろすと、洪庵は世話役の手を借り、真向かいのソファにゆっくり腰かけた。

どうやら、足腰がかなり弱っているらしい。

(通夜や告別式のときはしっかりしてるように見えたけど、まあ、九十六だもんな……顔つきは、昔より柔和になった感じがするけど)

高齢の住職が軽く咳払《せきばら》いし、世話役の女性が室内から出ていく。彼は笑顔を崩さぬまま、こちらの顔をじっと見つめた。

「ええと……君は、なんと言ったかな」

「は、颯太です」

「そうだ、そうじゃった……四男坊だね。この村に戻ってくることになったと、源一郎くんはかなり喜んでたよ」

「はあ?」

「違うのかね?　はて……確か、そう聞いた気がするんだが」

友希の言っていたとおり、認知機能はかなり衰えているらしい。この状態で、果たしてまともな情報が聞きだせるのか。

(……参ったな)

顔をしかめたところで、幼馴染みが素早く助け船を出す。

「東京で仕事をしているので、まだ帰郷は決めてないそうなんです」

「おお、そうじゃったか……最近、物忘れが激しくてのう。わしとしては、ぜひとも戻ってほしいと思ってるんじゃよ。何せ、桐生家の跡継ぎは君しかいないからのう」

「颯太くん、伯父さんとケンカ別れに近いかたちで上京したじゃないですか。家に戻ること、素直に認めてくれるでしょうか?」

「ああ、ああ、それは大丈夫!　あのときの源一郎くん、かなり落ちこんでたし、帰ってくるなら無条件で了承するだろうよ」

「落ちこんでた……お、親父がですか?」

「そうそう、正当な跡継ぎが家出したというんで、どうしようかと頭を抱えていたよ」

「……え？」

桐生家総領の一番手は、達彦のはずだが……。

言葉の意味が呑みこめず、颯太と友希は同時に顔を見合わせた。

「ど、どういうことです？」

「何がじゃ？」

「ぼくが、正当な跡継ぎって……」

「あれ、知らんかったのか？　達彦くんに、桐生の血は入ってないんじゃよ」

「え、ええっ!?」

「長男、次男が相次いで亡くなったことから、わしが養子をもらったらどうかと進言したんじゃ……八方、手を尽くしてのう、養護施設から男の子を一人譲り受けたというわけじゃ」

達彦は、源一郎の子供ではなかった。

どうりで性格も違えば、兄が亡くなったとき、父が気落ちした様子を見せなかったはずだ。

「ところで、小夜子さんの案配はどうかな？　ややこに続いて亭主までなくしたんだから、さぞかしつらい思いをしとるのでは？」

「や、ややこ？」

「赤ん坊じゃよ、残念ながら死産で、わしが供養したんだが……」

友希を見やれば、彼女も知らなかったのか、呆然とした表情で首を横に振る。

予期せぬ真相が次々と明かされ、もはや開いた口が塞がらなかった。

(信じられないよ、兄貴とは血が繫がっていなかったなんて……)

しかも、達彦との子供まで亡くしていたとは……。

本来なら他言無用の内容なのだろうが、これまた友希の言葉どおり、洪庵は歳のせいで自重できないようだ。

「わしからも頼む、桐生の家に戻ってくれんか？　話しづらいなら、口添えしてもかまわんから」

「は、はあ……いや、それは……ぼくのほうから……ちゃんと伝えますので」

「おお、そうか！　源一郎くんもこれで安心、桐生家も安泰じゃな！」

とつとつと答えれば、彼は白い髭《ひげ》を手でしごきながら満面の笑みを見せる。

なんにしても、源一郎が自分の帰郷を強く望んでいることだけは判明した。

ある意味、彼の存在は小夜子との結婚よりも高い障壁なのだ。

（こうなったら……あとは玉砕覚悟でぶつかるだけだな）

颯太は今日中に、父に自分の思いを打ち明ける決心を固めた。

3

その日の夜、颯太は源一郎と話し合いの場を持った。

彼は柄にもなく真摯《しんし》な態度で耳を傾け、小夜子との再婚を拍子抜けするほどあっさり了承した。

しかも近場に家を建て、別居というかたちでの生活まで認めてくれたのだ。

自室に戻り、寝床に入った颯太は、茉奈美に運ばせた酒をえびす顔で飲み干す父の姿を思い返した。

（まさかあんな簡単に事が運ぶなんて、思いもしなかったな……なんか、気持ち悪いぐらいだ）

あの男の思惑《おもわく》どおりに事が運ぶのは癪《しゃく》だが、愛する人を守るにはこの方法がベストとしか思えない。

それでも洪庵の告白が頭から離れず、心の底から喜べなかった。

達彦が養子だったこと、二人のあいだにできた子供が死産だったこと。もしかすると、小夜子が村を出たくないのは、亡くなった子供のそばにいたいという思いもあるのかもしれない。

(それほど、兄さんのことを愛してたのかも……俺、義姉さんを必ず幸せにしてみせる。だから、天国から見守っててよ！)

亡兄に申し訳ないと思う一方、とりあえずは最大の難関を乗り越え、多少なりとも胸のつかえが下りた気がする。

この報告を一刻も早く小夜子に伝えたいのだが、彼女は朝井旅館に宿泊し、家には帰ってこなかった。

静江とも積もる話があるだろうし、天音が泊まってほしいと駄々をこねたのかもしれない。

(もしかすると、俺のことを相談したのかも)

果たして、実の姉はどんなアドバイスをしたのか。

(妹を守ってほしいって、言ってたもんな……俺とのことは……きっと……応援してくれるはずだよ)

意識が徐々に薄れ、いつしか眠りの世界に引きこまれた。

口元に笑みをうっすら浮かべ、すやすやとイビキを掻いて安眠を貪る。

その日、颯太は小夜子と結婚式を挙げる夢を見た。

友希や静江、亡くなった母や達彦、祖父に祖母を始め、自分が関《かか》わってきた人間がみんな自分らを祝福している。

源一郎までもが村人らと笑顔を向け、まさに幸福の絶頂を味わった。

場面が切り替わり、部屋の中で小夜子と二人だけの新婚初夜を過ごす。

場所は、新築物件の愛の巣か。湯上がり姿の彼女はスケスケのベビードールを身にまとい、しっとり濡れた瞳を向けてきた。

フレンチキスから互いの身体をまさぐり、愛情の深さを確かめ合う。小夜子の愛撫は積極的で、ペニスが早くもいななないた。

(あぁ……義姉さ……いや、小夜子、愛してる、愛してるよ)

彼女は何も答えずに微笑をたたえ、短パンを下着もろとも引き下ろす。

バランスを失い、布団の上に倒れこむや、パンツを足首から抜き取られ、欲情した男性器が隅々までさらけ出された。

小夜子はうっとりした表情でペニスを握りしめ、舌先で裏茎を舐めまわす。そして真上から咥えこみ、がっぽがっぽとしゃぶりたおした。

(うわぁ、は、激しい……激しすぎるよ)

射精欲求がたちどころに臨界点を割りこみ、睾丸の中の樹液が荒れ狂う。颯太はあまりの気持ちよさに腰をくねらせ、足の爪先を内側に湾曲させた。

じゅるっ、じゅるっ、じゅぷっ、じゅぱぱぱぱっ!

派手な吸茎音が高らかに鳴り響き、雲の上を歩いているかのような感覚に包まれる。

「お、おおっ……イクっ、イッちゃいそうだ」

嗄《しわが》れた声で放出間際を訴えると、やけに舌っ足らずの声音が耳に届いた。

「いいですよ、イッても」

「……え?」

どう考えても小夜子の声ではなく、一瞬にして眠りから覚める。

(な、あ……もう朝だ……俺、夢を見てたのか?)

天井をボーッと見つめる最中も快感はいっこうに消え失せず、違和感を覚えた颯太は頭を起こして下半身を見下ろした。

いつの間にか短パンとトランクスが脱がされ、大股開きの恰好をしている。

しかも足のあいだに跪いた女性が股間に顔を埋め、朝勃ちでギンギン状態のペニスを舐めしゃぶっていたのだ。

「あ、あ、あ……」

「私のお口に、たっぷり出してください」

「き、君は……」

彼女が顔を上げた瞬間、頭をカナヅチで殴られたような衝撃が走った。

幼い顔立ち、ツルツルの頬におさげ髪は、紛れもなく使用人の茉奈美だったのである。

(ゆ、夢と現実が……シンクロしてたのか)

しばし呆気に取られるも、我に返り、震える声で咎める。

「な、な、何……してんの?」

「颯太さんは次の当主になる人ですから、奉仕をするのは当たり前のことです」

「……なっ!?」

考えるまでもなく、源一郎の指示に違いなかった。

帰郷する決意が変わらぬよう、戻ってくれば楽しいことが待ち受けていると、いらぬ気遣いをしたのだろう。

(あ、あのクソ親父、とんでもないことを!)

十七歳の少女に淫らな奉仕を命じるとは、桁外れの鬼畜としか思えない。

「そ、そんなこといいから……くっ」

「あぁン、おっきい、颯太様のおチ×チン、硬くておっきいです……しかも、刀みたいに反り返ってます、ンっ、ぷぷぅ」

「や、やめなさい、こら……あっ⁉」

身を起こして制そうとした刹那、茉奈美はペニスを吐きだし、右側の陰嚢に唇を押しつけた。

「……ちょっ！」

彼女は徐々に吸引力を上げていき、圧力に耐えられなくなった肉玉が小さな口の中にスポンと吸いこまれる。

生まれて初めて味わう玉吸いに脳波が乱れ、こめかみと首筋の血管が膨れあがった。

茉奈美は陰嚢を甘噛みし、コロコロと舐め転がしては頬をぺこんと窄める。

口中が真空状態と化すや、魂が抜き取られそうな感覚に見舞われ、颯太は身をアーチ状に反らして奇声を発した。

「く、ほおおおぉぉっ！」

顔を左右に振り、シーツに爪を立てて悶絶するも、下腹部を覆い尽くす不可思議な感覚に抗えない。

少女はもう片方の玉袋にも同様の手順を踏み、じゅるじゅると涎を垂らしてしゃぶりたてた。

ふたつの皺袋は白濁化した唾液にまみれ、キュンキュンに吊りあがる。

玉吸いだけでなく、肉幹を絶えずしごいているのだから、射精願望は緩みない上昇カーブを描きつづけ、とうとう切羽詰まった状況に追いこまれた。

（し、信じられない！　あのバカ親父、なんちゅう技を仕込みやがったんだ！）

性への好奇心もあるのだろうが、十代の少女は吸収力が高く、淫らな性技をさほどの抵抗もなく自分のものにしていったのだろう。

「はあはあ、はおぉぉっ」

為す術《すべ》もなく快楽の渦に巻きこまれ、何度も天を仰いでは咆哮する。

受けいれ態勢が整ったと判断したのか、茉奈美は肉玉から口を離し、立ちあがりざま白いレディースパンツを脱ぎ下ろした。

「はあはあっ」

荒い息を吐きながらぼんやり見つめるなか、彼女は続いてドルマンカットソーを頭から抜き取る。

（あ、ああ……ノーブラだぁ）

最初からそのつもりで部屋に忍びこんだとしか思えず、瑞々しいボディラインとぷっくり膨れた乳房に胸が妖しくざわついた。

「き、君……や、やめ……あ、あぁっ」

背徳感と罪悪感が交互に襲いかかり、まともな言葉が喉の奥から出てこない。

茉奈美はさらにパンティの上縁に手を添え、平然とした表情で捲り下ろしていった。

（マ、マジかよ）

虚ろな目を向けたまま、少女の脱衣シーンを固唾《かたず》を呑んで見守る。

離れのときとは違い、十七歳の裸体を目と鼻の先で注視しているのだ。

すべすべした白い肌はもちろん、見るからに柔らかそうな恥丘の膨らみが神々しい輝きを放ち、体内で生じた熱の波紋に思考が溶けた。

男の分身は萎える気配を見せず、ビンビンに反り勃っている。鈴口からは先走りの汁が溢れだし、胴体を伝ってゆるゆると滴った。

このままでは、源一郎の奸計《かんけい》にまんまと陥ってしまう。

「はっ、はっ、な、何を……するつもり？」

「さっき、言ったじゃないですか。あたし、次期当主様を喜ばせるために来たんです」

茉奈美は罪のない笑顔で答え、パンティを手にゆっくり歩み寄る。

「あ、あのね……君は勘違いしてるみたいだけど、こういうことは愛し合っている恋人がすることで……」

「気持ちよく……なかったですか？　もし、そうなら、あたし……旦那様に叱《しか》られちゃいます」

少女はとたんにおろおろしだし、今にも泣きそうな顔に変わった。

平助と同様、どうやら彼女にとっても源一郎は絶対的な存在らしい。

「気持ちいいとか、気持ちよくないとか、そういうことを言ってるんじゃないんだよ」

「ごめんなさい……あたし、まだまだ未熟だから……」

少女が涙をぽろぽろこぼすと、颯太は慌てて身を起こし、上ずった声でフォローした。

「いや、未熟なんて、とんでもない！　あまりにも突然のことだったから、びっくりしただけだよ」

「ホント……ですか？」

「ああ、俺は嘘は言わないからね」

「あたし、嫌われてるんじゃないですよね？」

「も、も、もちろんだよ！　すごく魅力的で、かわいいと思うよ」

茉奈美は鼻を啜り、打って変わってにっこり笑う。

変わり身の早さに愕然とし、背中を冷たい汗が流れる。

（まさか、この子……平助と同じ、発達障害じゃねえだろうな？）

訝しげな視線を向けた直後、少女はさらに間合いを詰め、颯太の頭にパンティをすっぽり被せた。

「あ、な、何を!?」

「男の人は女の人の下着が大好きだと、旦那様から教わりました。恥ずかしいけど、あたしの匂い、たっぷり嗅いでください」

茉奈美はパンティをズリ下ろし、布地の縁を顎に引っかける。クロッチが鼻を覆い尽くすや、秘めやかな香りが鼻腔をこれでもかと突き刺した。

「む、はぁあぁぁっ！」

目には足を通す箇所があてがわれているため、プロレスラーのマスクさながら視界は遮られていない。

下着の船底はしっとり濡れており、紛れもなくフェラの最中に愛液を垂れ流していたのだ。

少女は頬を染めて恥じらったあと、とんでもない言葉を投げかけた。

「昨日から……穿き替えてないんですけど……あまり匂わないでしょうか？」

「な、何ぃぃぃっ！」

このパンティには体臭ばかりか、乙女の分泌液までたっぷり染みこんでいるのだ。すかさず嗅覚を解放し、ふしだらな媚臭を吸いこめば、アンズにも似た甘酸っぱさに混じり、潮の香りと仄《ほの》かな尿臭が鼻腔から大脳皮質を光の速さで突っ走った。

（あ、あぁ、すごい……きょ、強烈な匂いだぁ）

脳幹がジンジンとひりつき、牡の肉がひと際いななく。

颯太の頭の中から、人間らしいモラルは霧のごとく消え失せた。

4

「はあ、ふう、はおおっ」

かぐわしい媚臭を吸引するたびに全身の血が沸騰し、あまりの昂奮から目眩を起こす。

「一日穿いただけじゃ、やっぱり足りなかったですか？　旦那様には、いつも三日穿いたものを嗅がせてるんですが……」

あどけない少女は父から変態的な行為を受けつづけ、この程度のフェチプレイは当たり前のことになっているのだろう。

（親父の奴、そんなことまでしてたのかぁっ！）

あの男の息子かと思うと、生理的嫌悪は否めないが、性的な昂りは少しも衰えない。

「ごめんなさい……許してください」

茉奈美はVゾーンを手で隠し、おずおずと歩み寄る。そして何を思ったのか、颯太の身体を跨ぎ、パンティの縁を顎から外した。

（な、なんだ、何をする気だ？）

呆然とするなか、少女は股間から手を外し、いたいけな女陰を剝きだしにする。

あっと思った瞬間には頭を摑まれ、恥骨を口に押しつけられた。

「ぶっ、ぶっ、ぶふぉぉっ！」

「昨日、旦那様に言われてお風呂に入ってないんです。これなら、満足できますか？」

「ぬ、はあぁっ！」

股の付け根にこもった淫臭が、渦を巻いて鼻腔粘膜にへばりつく。

ドリアンを彷彿《ほうふつ》とさせる芳香は目がしみるほど強烈で、変態的なシチュエーションにケダモノの血が覚醒《かくせい》した。

（ぬおおぉっ、す、すげえ匂いっ！　た、たまらぁン!!）

乙女の恥臭が頭のてっぺんから足の爪先まで行き渡り、官能のほむらが全身に飛び火する。

颯太は本能の命ずるまま舌を突きだし、少女の秘園をてろりと舐めあげた。

「あ、ひンっ!?」

ショウガにも似たピリリとした刺激が舌先に走るも、臆することなくクンニリングスに没頭する。

「だめっ、だめです！　颯太様から奉仕を受けたのでは、旦那様に叱られてしまいます……は、はあぁあぁン！」

茉奈美は拒絶の言葉を発するも、陰部を押しつけては腰をくなくな揺らす。自ら肉悦を得ているのは明らかで、性感は十代とは思えぬほど発達しているようだ。

やがて薄皮の肉帽子が剝きあがり、小さな尖りが顔を覗かせた。

歪みのいっさいない陰唇も外側に捲れ、深紅色の内粘膜がぬらぬらした照り輝きを放った。

南国果実の味覚と女臭を堪能しつつ、スリットから陰核に舌先を何度も往復させる。恥割れから滲みだす愛蜜をじゅるじゅる啜りあげれば、内腿と鼠蹊部の薄い皮膚が小刻みなひくつきを繰り返した。

「はあはあ、や、やぁぁっ」

「んぐっ、んぐっ、ああ、はふぅぅっ！」

目をとろんとさせ、すっかり充血した女肉をベロンベロンと舐めまわす。男の紋章は隆々と聳《そび》え立ち、今や結合を求めて限界まで膨れあがっている状態だ。

（や、やばい、やりたくて我慢できないっ！）

獰猛な性欲を抑止できないのも、源一郎の目論見《もくろみ》どおりなのか。

己の浅ましさに苛まれたものの、性衝動はやはり制御できず、颯太は陰部から唇を離して腰を上げた。

「そ、そこに寝て！　俯せになるんだ！」

「……あ」

細い腰を抱えこみ、強引にシーツの上に四つん這いにさせる。臀裂の下方から覗く女唇に目がスパークし、邪悪なエネルギーが全身に漲った。

「あぁ……あ、あたし……初めてなんです」

「へ？」

「おチ×チン……挿れるの」

源一郎は勃起障害から、ペニスを茉奈美の膣内に挿入していなかった。

想像していたとおり、処女の花を散らしたのはアダルトグッズなのだろう。

彼女にとっては自分が初めての男になるのだが、今となっては罪悪感は少しも湧かず、さらなる性のパワーがフルチャージされた。

「こんなおっきいの……入るでしょうか？」

「ああ……ああ、入る……大丈夫だよ！」

なだらかなカーブを描くヒップに両手をあてがい、丸々とした亀頭を女肉の中心に押しつける。

「ンっ!?」

「痛くないからね……身体の力を抜いて」

離れの一室で、少女は極太のバイブレーターを膣内に招き入れたのだ。男根を受けいれないはずはなく、颯太は腰を慎重に送りだした。膣口がティアドロップ形に開き、赤い粘膜が剝きだしになる。濡れそぼつ媚肉が先端をしっぽり包みこみ、快感のパルスが身をじりじり焦がす。

「あ……ンっ！　きつい……きついです」

「心配しないで、大丈夫だよ……ゆっくり挿れるから」

狭い入り口はえらの進入を阻んだが、強引に恥骨を迫りだせば、肉棒は勢い余って膣の奥まで埋めこまれ、小振りなヒップが下腹にべったりと密着した。

「ひぃうっ！」

「ぬおっ」

膣襞は早くも収縮を繰り返し、怒張をキュンキュン締めつける。颯太は強烈な一体感に驚嘆し、口をへの字にひん曲げた。

（くおぉぉっ……チ×ポが……ちぎれそうだ）

アラサーやアラフォー女性との違いに目をしばたたかせるも、これが十代の蜜壺の感触なのだ。

「はっ、はっ、ぜ、全部……入ったよ」

「あぁン……あそこの中がいっぱいで、息が詰まりそうです」

腰をゆったり引けば、大量の恥液をまとったペニスは赤黒く変色している。颯太は気合いを入れなおし、まずはスローテンポの抽送で膣肉を穿った。

「……あぁ」

パチンパチンと軽やかな音が響くたびに、茉奈美が弱々しい声で喘ぐ。

駄々をこねる媚肉をねちっこく掻き分けると、肉筒全体になめらかな感触が走りだした。

（おっ……緊張がほぐれたのかな？）

茉奈美は顔をシーツに押しつけており、後背位の体勢では表情まで探れない。

やがて肌がサーッと桃色に染まり、汗の皮膜がカーテンの隙間から射しこむ光を反射してきらびやかな光沢を放った。

（感じてるのか？　どうなんだよ）

腰の律動を徐々に速め、頭を左右に傾けて様子をうかがうなか、とうとう顔の下から噎び泣きが洩れだした。

「あ、あぁン、あぁン、あぁン」

「どう？　初めてのおチ×チンは？」

「いい、気持ちいいです……おもちゃとは……全然違います」

「もっともっと気持ちよくさせてあげるからね」

我が意を得た颯太は腕の筋肉を盛りあげ、本格的なピストンを開始した。

尻肉を目いっぱい広げ、大きなストロークで剛直の出し入れを繰り返し、亀頭の先端で子宮口をガンガン小突く。

「あン、はぁン、はあぁぁぁン！」

鼻にかかった声が次第に高みを帯び、小さな手がシーツを引き絞った。

ほっそりした背が白蛇のようにくねり、張りのある桃尻がぷるぷると揺れた。

（お、おおっ、マン肉がまた締まってきたぞ）

膣肉がペニスにべったり絡みつくも、さほどの窮屈さはなく、リズミカルなスライドで雄々しい波動を吹きこんでいく。

やがて息苦しくなったのか、茉奈美は顔を横に向け、片頬をシーツに押し当ててよがり泣いた。

「あぁ、あぁぁ、いい、すごい、すごいですぅ」

「こんなもんじゃ、まだまだ終わらないからね……あ」

渾身《こんしん》のグラインドで攻めたてようとした刹那、想定外の事態が起こった。

抽送のタイミングに合わせ、少女が自ら腰を前後に振りはじめたのだ。

バチンバチーンと、ヒップが恥骨を打ちつける音が室内に反響し、結合部から卑猥な破裂音が絶え間なく洩れだす。

「ああ、いい！　気持ちいい！　イッちゃう、すぐにイッちゃいますぅ!!」

「ちょっ……ぐ、ぐくうっ」

とっさにピストンを緩めたものの、ペニスが与える快美に陶酔しているのか、茉奈美は桃尻を蒸気機関車の駆動のごとく振りたてた。

(な、なんだ、この子!?　エロすぎるぅっ!!)

バリエーションに富んだ腰振りに陶然とし、膣壁に揉みしごかれた怒張がジンジンとひりつきだす。

「あンっ、あンっ、いいっ、おマ×コいい！」

「あ、ぐっ、くうっ」

颯太は奥歯をギリリと噛みしめ、脂汗を垂らしながら射精欲求を堪えた。

（も、もう……我慢できないかも）

目の前が霞《かす》みだす頃、ゴムマリのようなヒップがぐりんと回転し、すっかりこなれた膣襞が肉棒を縦横無尽に引き転がす。

（あ、ああっ、だめだっ！）

放出寸前に達した颯太は腰を両手でがっちり抱えこみ、躍動感漲るスライドで媚肉を掘り返した。

「あ、ひぃいいっ！」

「ぬおおぉっ」

バツンバツンと低い打擲《ちょうちゃく》音が鳴り響き、尻たぶの表面にさざ波状の波紋が広がる。結合部から熱気と蒸れた媚臭が立ちのぼり、半透明の淫液がだらだら滴り落ちる。

一触即発の瞬間に向けて懸命に腰を振る最中、茉奈美はおさな子のように泣きじゃくった。

「やああっ、すごい、すごい！　おチ×チン、気持ちいいっ！　イッちゃう、イッちゃいますぅ!!」

「俺もイクぞぉぉっ！」

ラストスパートに突入し、肉の楔《くさび》を狭隘な膣奥に容赦なく叩きこむ。

やがて幼い少女は絶頂への螺旋《らせん》階段を駆けのぼり、あえかな腰をひっきりなしにくねらせた。

「イクっ、イクっ、イックぅぅぅンっ！」

双臀がキュッキュッと引き攣るたびに、愛液まみれの粘膜が怒張全体をまんべんなく引き絞る。

「く、ほぉぉぉっ！」

熱い塊が内から迫りあがったところで、颯太は剛槍を膣から引き抜き、右手で激しくしごきたてた。

「あぁぁぁぁっ、イグっ！」

牡のリキッドが速射砲のごとく噴出し、少女のうなじまで跳ね飛ぶ。

濃厚な一番搾りは立てつづけの放出を繰り返し、上気した桃色の背中に白い地図をいくつも描いていった。

「くっ、くぅぅっ」

至高の快美に翻弄《ほんろう》され、脳神経が完全に麻痺《まひ》する。颯太は白目を剝いてひっくり返り、茉奈美もそのままシーツに突っ伏した。

「はあはあ、ぜいぜい」

荒い息が止まらず、次から次へと噴きだす汗が肌の表面を流れ落ちる。

(や、やっちまった……親父の罠《わな》にはまっちまったんだ……でも……起きたての一発は、やっぱ……最高に気持ちいい)

今は、何も考えずに愉悦の波に身を委ねたい。

息が整いはじめる頃、茉奈美が頭を起こし、四つん這いの体勢から胸に縋《すが》りついてきた。

「はあぁ、すごかったです……おチ×チンが、こんなに気持ちいいなんて思いませんでした。おマ×コの中が、まだジンジンしてます」

「あの、もう少しオブラートに包んだほうが……」

「え？　どうしてですか？　旦那様から、イクときは大声にして叫ぶものなんだと教わりました」

「あ……そ、そう」

「あたし、これからは颯太様を旦那様にします」

「へ？　いや、それは……」

「死ぬまで、一生お仕えしますから！」

どうやら、生のペニスは強大な快楽を彼女の身体に刻みこんだらしい。

颯太はパンティを頭から剥ぎ取り、不本意な成り行きに戸惑った。

(とうとう、十七の女の子に手を出しちまった。このことが外部に洩れたら、淫行罪で捕まるんじゃねえか？)

しかも祖父の竜太郎、父の源一郎と、三代にわたって使用人を手ごめにしたのだから、今になって後悔の念が押し寄せる。

(友希ちゃんのおばあちゃんも、うちで働いてた家政婦だったんだよな。そして、他の二人の妾はこのうちに住んでいて……)

地獄のような小学生時代を思いだし、恐怖から汗がいっぺんに冷えた。

「……旦那様」

「旦那様じゃないって……何？」

「あの……もう一度、いいですか？」

「……え？」

「おチ×チン、また味わってみたいんです」

少女は好奇の眼差しを向け、萎えはじめたペニスを指でもてあそぶ。

心がグラッときたものの、理性を取り戻した今となってはどうしてもその気になれない。それに、小夜子が今にも帰ってくるかもしれないのだ。

「い、いや、ちょっと出かける用事があってね、のんびりしてる暇がないんだ。悪いんだけど、また次の機会に……ねっ」

茉奈美は不服そうな顔をしたが、小さく頷いて身を起こす。

「あ、ちょ、ちょっと待って！　背中にザーメンがへばりついてるから……あ、ああっ！」

白い肌を伝った精液がボタボタとシーツに滴り落ち、颯太は思わず頭を抱えた。

「あぁン、ごめんなさい……すぐに洗濯しますから」

「いいよ、いいよ……そのまま、じっとしてて。ティッシュ、取るから」

「はい……あたしのこと、嫌いにならないでください」

涙目で訴える少女に、思わず苦笑してしまう。

「こんなことで、嫌いになるわけないでしょ」

「ホントですか？」

「ああ、もちろんだよ」

にっこり笑った顔は、やはり子供にしか見えない。

(その子供と……やっちまったんだ。義姉さんには、絶対にばれないようにしないと……あぁ、またひとつ面倒なことが増えちゃったな)

彼女に背を向け、ティッシュ箱に手を伸ばした颯太の顔はすっかり困惑に変わっていた。

第六章　愛欲と恥辱にまみれた狂宴

1

家から早く離れたかった颯太は古民家カフェに向かい、モーニングセットを食しながら小夜子に連絡した。

村を一望できる高台で会う約束を取りつけ、まなじりを決して店をあとにする。

（親父が認めたことを話したら、どんな顔をするかな？）

一抹の不安は拭えないが、今は押せおせで迫り、自分の気持ちを正直に伝えるしかないのだ。

緩やかな坂道を登る途中、颯太は墓地の手前で足を止めた。

桐生家の先祖はもちろん、達彦と小夜子の子供もこの場所で永遠の眠りについているのではないか。

（兄さんは……自分が養子だってこと、知ってたのかな？）

知っていたのなら、傲慢な父のやり方を否定しなかった理由も少なからずわかる。憶測の域を出ないが、施設から引き取って育ててくれた恩に報いる気持ちがあったのではないだろうか。

(だとしたら……こんなに早く死んじゃうなんて、あまりにもやるせないよな。本来なら、俺が家に残らなきゃいけなかったのに……この世には、神も仏もないのかよ)

亡き兄への償いとして、彼が愛した女性を今度は弟の自分が守っていきたい。

颯太は心に固く誓ってから、目的の場所に向かった。

「ふうっ……今日は暑いな。夏みたいだ」

ゆっくり歩いていても、首筋や背中がじっとり汗ばむ。

高台に到着すると、小夜子が涼しげな表情で村の景色を眺めていた。

襟元と袖《そで》に白いパイピングの入ったチャコールグレーのワンピースが、シックな雰囲気を醸しだす。

風になびく黒髪、口元にたたえた微笑。美しい容姿に胸がときめき、声をかけることすらためらわれた。

「……あら」

こちらの存在に気づいた彼女は、振り向きざま優しげな眼差しを向ける。

「ごめん、ちょっと遅れちゃったかな？」

「ううん、私も今来たとこよ」

照れ臭げに歩み寄り、小夜子と肩を並べて村を見渡す。颯太は無理にでも気を鎮め、前を向いたまま口を開いた。

「昨日の夜……親父に話したよ。義姉さんと結婚したいって」

見目麗しい美女は何も答えず、怖くて顔を見られない。

不安を追い払うかのように、颯太はやや上ずった口調で言葉を連ねた。

「認めてくれたんだ、結婚のこと。それどころか、跡を継いでくれるなら、あの家を出て別居というかたちでもかまわないって……もちろん今すぐというわけじゃなくて、義姉さんの気持ちが落ち着くのを待ってからになるけど」

言いたいことを告げ終えても、やはり返答はなく、風の音だけがただ虚《むな》しく響く。彼女は今、いったい何を思うのか。

横目で様子を探れば、バラのつぼみにも似た唇が微かに動いた。

「それで……ホントにいいの？」

「……え？」

「私なんかと結婚して……」

「も、もちろんだよ！　俺の気持ちは、この前もはっきり伝えたでしょ？　義姉さんのことが、本当に好きなんだ！」

自身の心情をはっきり告げれば、小夜子はとたんに目を伏せ、寂しげに答える。

「私……これまで、颯太くんにはあまり連絡しなかったでしょ？」

「え、あ、う、うん……家出同然に飛びだしたから、俺からもしづらかったのはあるけど……」

「連絡できない理由が……あったの」

「連絡できない理由？」

オウム返しすると、美女は頬を赤らめ、蚊の鳴くような声で呟いた。

「あなたが家を出た日……はしたないところを見られちゃったから」

「あ、ああ」

上京前夜、兄夫婦の寝室を覗き見したことを思いだす。あのときは小夜子と目が合ってしまい、その場から一目散に逃げだしたのだ。

「あれは俺が全面的に悪いんだから、気にする必要はないでしょ？　そりゃ、恥ずかしいのはわかるけど……」

「ううん、違うの」

「え、違うって……何が？」

重苦しい空気が漂い、胸の奥がざわざわした。

長い沈黙のあと、彼女が放った言葉に天地がひっくり返るような衝撃を受ける。

「相手は……達彦さんじゃなくて……お義父様だったの」

「……へ？」

「あの日ね……達彦さんは友だちのうちにいて、そのまま泊まったのよ。あなたはずっと部屋に閉じこもっていたし、朝早くに出ていったから、知らなかっただろうけど」

「そ、そんな、まさか……」

「お義父様とのこと、てっきり気づかれたと思って、必要最低限の連絡しかできなかったの」

頭の中が真っ白になり、いやな汗が背筋を伝った。

白昼夢を見ているとしか思えず、どうしても認めたくなかった。

「う、嘘でしょ？」

「達彦さんと結婚する半年前だったかしら。お姉さんの元夫がね、事業で失敗して大きな借金を作ってしまったの。お姉さんの名義でもお金を借りてたから、首が回らなくなって……そんなときに、お義父様のほうから借金の肩代わりをしてあげるって言われたの」

「そ、それで？」

「助ける代わりにって迫られて……お姉さんのことを考えると、どうしても断れなかったわ」

あの父親ならありうる話で、どこからか事情を聞きつけ、下心丸出しで近づいたに違いない。

これだけ美しい女性なら、一度きりの関係で満足するはずもなく、何度も毒牙《どくが》にかけたことは容易に想像がつく。

「その状況で……なんで兄さんと結婚したの？」

核心を突くと、小夜子は涙ぐみ、弱々しい声で真相を告げた。

「できちゃったの……赤ちゃんが」

「あ、あ……」

「どんな事情があるにせよ、授かった命をないがしろにはできなかったし、お義父様に相談したら……達彦といっしょになれって」

「そ、それで……兄さんと結婚したの？」

「ええ……でも、やっぱりバチが当たったのね。産まれてきた男の子は……息をしてなかったわ」

ぽろぽろと涙をこぼす小夜子を見つめ、もはや顔色を失う。

あの男のことだ。子供が無事に産まれていたら、跡継ぎに据えるつもりでいたのではないか。

（高校を卒業したら村を出るって、ずっと言ってたから……最悪のケースを考えて、無理やり兄さんと結婚させたんだ……あぁぁっ!!）

旧家や名家が、いったいなんだと言うのだ。

家を存続させることが、それほど大切なことなのか。

颯太は拳を握りしめ、激しい怒りに打ち震えた。

「に、兄さんは……その事実に気づいてたの？」

恐るおそる問いかけると、小夜子はハンカチを目に当てて答えた。

「わからないわ……妊娠が判明したあと、とんとん拍子で結婚が決まったから。達彦さん、子供が亡くなったのは早産が原因だと思ってたみたいだけど……」

控えめな兄の性格を考えれば、気づいていたとしても何も言えなかったのではないか。しかも小夜子は重大な秘密を隠したまま、結婚してからも源一郎と関係を結んでいたのだ。

（おそらく、親父のほうから強引に迫ったんだろうけど、そんなの……兄さんがあまりにも不憫《ふびん》すぎるよ）

当然のことながら、颯太が村を離れたあとも、源一郎が不能になるまで禁断の関係は続いていたのだろう。

真っ青な顔で呆然と佇むなか、小夜子は身体を反転させ、華奢な肩を小刻みに震わせた。

「颯太くんと結婚できないこと……これでわかったでしょ？　私には、そんな資格はないもの」

「お、俺……」

あまりのショックに何も答えられぬまま、俯いて唇を嚙みしめる。

「今日の十一時過ぎ、集会所の広間に来て……裏口の戸は開けておくから」

美女は最後に言い残して高台をあとにし、颯太は後ろ姿をただ黙って見送ることしかできなかった。

2

「う、うぅン……いつっ」

頭の芯がズキズキ痛み、呻き声をあげて寝返りを打つ。

目を開けると、いつの間にか自室のベッドの上に横たわっていた。

小夜子と別れたあと、どこで何をしていたのか、記憶が定かでない。

村にある唯一の商店で、酒を買ったところまでは覚えているのだが……。

あたりにビールの空き缶は見当たらず、どうやらどこかで痛飲し、泥酔状態のまま無意識のうちに帰宅したようだ。

窓の外は暗闇に包まれ、壁時計を見上げれば、すでに午後十時を回っている。

意識がはっきりしだすと、小夜子と源一郎の顔が交互に浮かんでは消え、溢れでる涙を止められなかった。

父に対する怒りや憎しみはもちろん、二人が背徳の関係を結んでいた事実が頭から離れない。

今では、静江に言われた「妹を守ってほしい」という言葉の含意が読み取れる。

おそらく姉は妹の秘密を知っていたのだろう、悪魔の手から救いだしてほしいという意味だったのだ。

「ちくしょう……ちくしょう」

颯太はベッドから下り立ち、ふらついた足取りで出入り口に向かった。

拳を握りしめ、鬼のような形相でドアノブを回す。

小夜子は、十一時過ぎに集会所の広間に来てほしいと言っていた。

そこで何が行われるかは、言われなくてもわかる。彼女はあこぎな現実を義弟に見せつけることで、結婚をあきらめさせようと考えたのだ。

今なら、まだ間に合うかもしれない。源一郎をぶん殴ってでも、やめさせなければ……。

扉を開けると、部屋の脇に置かれたトレイが目に入り、布巾の下から握り飯とポット、湯飲み茶碗《ぢゃわん》が覗いていた。

茉奈美か、他の家政婦が気を利かせたのか。

(まさか……義姉さんじゃないよな)

腹の虫が鳴るも、今はそれどころではない。大股で廊下に飛びだし、小夜子の部屋に向かったものの、室内に彼女の姿はなく、源一郎の部屋も同様だった。

（も、もう……集会所に……行っちゃったんだ……あぁ！）

頭を抱え、憔悴《しょうすい》しきった表情で踵を返す。

この重大事に酒を飲んで前後不覚に陥るとは、あまりの情けなさにもはや涙すら出ない。

「行かない……絶対に行かないぞ」

愛する人と実父が禁断の情事に耽る姿など、誰が見たいものか。

このまま荷物をまとめ、一分一秒でも早く悪魔の棲《す》む屋敷を離れるのだ。

それでも空腹には耐えられず、トレイを手にして部屋に戻り、息せき切って握り飯をぱくつく。

「……あぁ」

おかかにたらこに梅干しの具、のりの三角包み巻きも、小夜子が握ったものに違いなかった。

（そ、そうだ……義姉さんがこの家に来た当初、食べたものとまったく同じだ）

目頭が熱くなり、胸がいっぱいになる。

この握り飯を、彼女はどんな気持ちで用意したのだろう。

これから義理の父と背徳的な行為に及ぶというのに、さりげない思いやりが心に沁《し》みた。

(まだ……間に合うかも)

源一郎は勃ちが悪くなり、少なくともここ一年ほどは交情していないはず。

いや……もしかすると、かつての逞しさを取り戻し、小夜子に久方ぶりの誘いをかけたのかもしれない。

茉奈美を攻めたてたときは、一瞬といえども、ペニスは確かにフル勃起していたのだ。

「やばい、やばいぞ」

過去のことなど、今となってはどうでもいい。

小夜子を愛する気持ちが燻っている限り、これから先のことを考えなければ。

それが、自分のとるべき道なのではないか。

極悪非道の男から彼女を奪い返し、共にこの家を逃げだすのだ。ポットの冷えた茶を一気飲みした颯太は、脱兎《だっと》のごとく部屋を飛びだしていった。

(確か……裏口の戸は開けておくって、言ってたよな)

集会所を仰ぎ見れば、エントランスや廊下の照明は消えており、人の気配はまるで感じない。大広間を囲う襖もぴっちり閉じられているため、中の様子を探ることはできそうになかった。

源一郎は、小夜子と密会する場所として建て直したのではないか。

達彦が留守のときはどちらかの寝室で、家を使えないときは集会所に呼びだし、欲望の限りを尽くしていたのだろう。

(使用人は埃《ほこり》っぽい離れで、息子の嫁はきれいな建物かよ！　差をつけやがって、何様のつもりだ！　あのクソ親父、ただじゃおかねえっ!!)

今はもう、実の父親とは思いたくもない。

怒りの炎が燃えあがり、殺意に近い感情が芽生える。すぐさま裏手に回れば、アルミ製の扉が目に入り、颯太は息を殺して近づいた。

(……ここだ)

磨りガラスの向こうは暗く、やはり照明らしき明かりは見られない。

ドアノブを回すと、金属音がカチャリと響き、続いて扉が音もなく開いた。

隙間から覗けば、暗い廊下の右サイドに流し台と冷蔵庫、左サイドには六枚の襖が並べられている。

(そうか……村人らが集まるときは、襖を戸袋に収納して開放するんだ)

正面側も同じ仕様で、当然のことながらエントランスの鍵はかけているに違いない。裏口の戸が閉まっていれば、中で何が行われているか、誰にもわからないのだ。

(冷蔵庫の手前にある、ふたつの扉はなんだ？　ひとつはトイレだとして……)

所内に足を踏み入れ、後ろ手で扉を閉めてから、右手に位置する戸をそっと開ける。中にあるものはちんまりした脱衣場と浴室で、今のところは使用された形跡は見られなかった。

(こんなものまで作って……ここで、汗や汚れを落としてたんだな)

苦々しい表情で舌打ちした瞬間、どこからか笑い声が聞こえてくる。

耳に全神経を集中させれば、紛れもなく女の声だ。

(な、なんだ？)

源一郎と相対している状況で、小夜子が楽しげな心境でいるとは思えない。

もしかすると幻聴か、聞き違いではないのか。

浴室から首を伸ばすと、襖のあいだから廊下側にひと筋の光が漏れていた。

(あ、開いてる、ちょっとだけ開いてるんだ！)

本来ならすぐにでも広間に飛びこみ、無頼漢を殴り倒すのだが、室内から漂う不気味な雰囲気に足が竦む。

あの密室の中で、いったい何が起きているのか。

颯太は意を決し、爪先立ちで襖に近づいていった。

（ま、間違いない……女の笑い声だ）

心臓が萎縮し、手のひらがじっとり汗ばむも、踏みだす足は止められない。

喉をゴクリと鳴らし、隙間に目を寄せた瞬間、颯太は想定外の光景に大きな悲鳴をあげそうになった。

3

（な、なんだよ……これ）

広間の天井は離れと同じ作りで、床柱に括られたＳＭロープが梁に通され、後ろ手にされた小夜子の胸元と手首を縛りつけている。

彼女は四つん這いの状態で、ヒップを高々と上げており、衣服は何ひとつ身に着けていなかった。

颯太のいる位置からゆうに十メートルは離れており、目を凝らして確認すれば、尻肉の狭間から突きでた二本の棒はバイブレーターか。

膣とアヌスの中に埋めこまれているとしか思えず、颯太はグッズの抜き差しを繰り返す女性に目を見張った。

(あ、あ、ま、まさか……朝井旅館の女将じゃないかっ⁉)

美津子はすでに和服を脱ぎ捨て、薄桃色の長襦袢の恰好で含み笑いを洩らす。

小夜子の前には着流し姿の源一郎が腕組みをして佇み、床の間の真横にはまたしても平助がパンツ一丁で正座していた。

「ふふっ、すごいわ、いやらしいおつゆが次から次に溢れてくるわよ」

一瞬にして顔から血の気が失せ、唇の端がわなわな震える。

考えてみれば、女将はもともと源一郎の妾であり、友希の父親に愛人関係が引き継がれたとはいえ、繋がりが切れたわけではなかったのだ。

「あ、くくっ」

小夜子は額に大粒の汗を浮かべ、悦の声を懸命に堪えている。

「ほうら、我慢しないで、イッちゃってもいいのよ」

「あ、あ……勘弁してください」

「ほほほっ、ご当主様はそんな返答を望んじゃいないよ」

美津子は高らかに笑い、二本のバイブを交互にスライドさせた。

（な、なんてこった）

朝井旅館には、小夜子の姉が仲居として働いているのである。その妹を、ためらうことなく苛むとは……。

静江も美しい女性だけに、源一郎から淫らな行為を受けていた可能性は十分考えられる。

おそらく、それも小夜子が村を離れられない理由のひとつなのではないか。

襖を開け放ち、愚かな行為をやめさせなければ……。

そう考えても、異様な状況に度肝を抜かれて少しも動けない。

口の中に溜まった唾を飲みこんだ直後、源一郎が怒号を放った。

「颯太と結婚できないとは、どういうことだ！」

「そ、それは……」

「あいつのほうから頭を下げてきたというのに、口答えするとは許さんぞ！」

小夜子は、父にも自分の気持ちをはっきり告げたのだ。

目の前で行われている痴態は、折檻《せっかん》の意味合いが強いのかもしれない。

（義姉さん……こんなひどいことされても……俺と再婚したくないのかよ）

複雑な感情が入れ乱れ、どうしたらいいのか、颯太は思い悩んだ。

「ひ、ひぃぃっ！」

美津子がバイブを猛烈な勢いで前後させ、小夜子が甲高い悲鳴をあげる。

彼女らは真横に位置しているため、肝心の箇所までは覗けない。

それでもグッチュグッチュと猥音が洩れ聞こえ、愛液が湧出しているのは間違いなかった。

「あ、あ、お手洗いに……行かせて……ください」

小夜子の言葉にギクリとし、肩を竦めて右往左往する。

（や、やばい、こっちに来られたらっ!?）

ひとまず浴室に隠れるか、それともいったん外に出るか。脂汗を垂らした瞬間、美津子がさも楽しげに言い放った。

「あんたがさっき飲んだお茶の中には、利尿剤がたっぷり入ってたのさ」

「……あぁ」

愛する人は苦悶の表情で身をよじり、切羽詰まった状況に追いこまれているらしい。固唾を呑んで見守るなか、今度は源一郎が抑揚のない声で問いかけた。

「我慢できないのか？」

「が、我慢できません……お願いです……お手洗いに」

「おい、スケベ坊主！　お前の出番だ」

離れの出来事が脳裏に甦り、目を大きく見開く。

平助は待ってましたとばかりに腰を上げ、同時に美津子がバイブを引き抜き、小夜子の上体を抱え起こした。

「あ、な、何を……」

「じたばたせずに、おとなしくしなさいな」

丸坊主の男は床柱のロープをいったん外し、力任せにグイグイ引っ張る。

小夜子のヒップが畳から浮きあがったところで、平助はまたもやロープを柱に括りつけ、白いブリーフの中心を派手に突っ張らせた。

（あ、あいつ……マジか？）

茉奈美との倒錯的なプレイが頭を掠め、怒りの眼差しをむさくるしい使用人に向ける。

麗しの美女は和式トイレのスタイルで、足こそ閉じていたが、この先の展開は言わずもがな予想できた。

躊躇《ちゅうちょ》している暇はなく、今すぐ飛びだして中止させなければ……。

襖の引手に指を添えた瞬間、金切り声が耳朶を打ち、ハッとして息を呑む。

美津子が小夜子の背後から手を伸ばし、両膝を強引に割りはじめたのだ。

「い、いや、やめてください！」

「恥ずかしがること、ないじゃないの。使用人に、たっぷり拝ませておやりよ」

「あ、ああっ」

必死の抵抗も虚しく、両足がM字に開脚され、あられもない秘園が剝きだしにされた。

苛烈《かれつ》な刺激を受けた女陰は膣口ばかりか秘肛までもが充血し、多量の愛液でぬめり返っている。平助はすかさず小夜子の身体の下に潜りこみ、薄気味悪い笑みを浮かべながら大口を開けた。

「ふふっ、スケベ坊主、よかったな。待ちに待ったご褒美だぞ」

源一郎が笑い声であおると、言葉の意味が理解できたのか、美女の顔が瞬く間に歪んでいく。

「そ、そんな……か、勘弁してください」

「だめだ、これはわしに逆らった罰なんだからな」

「ああっ……」

「さあ、いつまで我慢できるかしらね」

美津子は父と同様、サディスティックな気質を持ち合わせているのかもしれない。目をきらめかせ、首を伸ばして小夜子の股の付け根を覗き見る。

平助はただでさえ大きな目を見開き、女の大切な箇所を食い入るように見つめていた。

（あのクソ坊主、絶対に許せん！）

小夜子は双眸を固く閉じ、唇を嚙んで尿意を耐え忍ぶ。

「ふん、がんばるのう……肉便器が構えているんだから、遠慮することはないんだぞ」

「ほら、ご当主様が出せと仰ってるんだよ」

美津子は一転して目を吊りあげ、右手でまっさらな腹部をグッと押しこんだ。

「あ、やっ、だめ、だめですっ」

「さあ、たっぷり出しなさい」

「あっ、あっ……やぁぁあぁっ」

か細い声が室内に響くや、美女は腰をぶるっと震わせ、悲愴感にまみれた顔を天に向けた。

女肉の狭間からしぶきがシュッとほとばしり、平助の額から頭頂部に跳ね飛ぶ。限界まで我慢していたのか、聖なる水は堰《せき》を切ったように噴きだし、肉便器の顔面から口に降り注いでいった。

「あぶっ、あぶつ、あぷぷぷっ」

「うほぉぉっ、出た出た！　こりゃ、すごい量だっ！　一滴残らず飲み干すんだぞっ!!」

源一郎が狂気に満ちた声を張りあげ、平助は命令どおりに透明な湯ばりをゴクゴクと喉を鳴らして嚥下する。

（あ、ああっ）

正直、聖水を口にしている使用人が羨ましかった。

こんなことになるとわかっていたら、変態だと思われても、飲尿プレイを懇願したものを……。

淫虐の血が騒ぎだし、身体の中をおぞましい蟲《むし》がぞわぞわ這いまわる。

嫌悪とは別の感情が頭をもたげ、ズボンの下のペニスはあっという間に完全勃起した。

（あぁ、やべえ、やべえよ……身体が燃えるように熱い）

内股ぎみの体勢から逸物を手で押さえつけるも、情欲の炎は少しも鎮まらない。今や颯太の頭の中から、彼らを止める気はすっかり消し飛んでいた。

「あらら、すごい、まだ出るわ……よほど溜まってたのね」

「こらスケベ坊主！　またこぼしとるじゃないか！　全部飲み干せと言っただろうがっ!!」

「しゅ、しゅみません……あぼっ、あぼぼぼぉっ！」

「小夜子さん、やだわ……愛液が垂れてきたわよ。ひょっとして、おしっこ飲んでもらって感じてるの？」

「おおっ、ホントだっ！　とろとろ滴ってるじゃないか、いやらしい女め！」

「……あぁ」

小夜子の顔は苦悶に歪んでいるが、恥液を滴らせるとはどういうことなのか。平助も苦しいはずなのに、目尻が下がり、この世の幸せを噛みしめているように思えた。

（はあはあ、こ、ここからじゃ、よくわからない……もっと近くで見たいよぉ）

焦燥感が想像力を膨らませ、淫情をことさら極みに追いたてる。聖水の勢いが衰えだすと、源一郎は一歩前に進み、険しい顔つきで問いただした。

「颯太と、籍を入れてくれるな？　今すぐにとは言わん、来年……いや、再来年でもいい、約束してくれ」

　小夜子は何も答えず、悲しげに目を伏せたままだ。

（ど、どうして……首を縦に振ってくれないんだよ。嘘でも、そうしますって答えれば、この地獄から脱けだせるかもしれないのに）

　これまでの彼女の対応はもちろん、握り飯を用意してくれた優しさを思い返せば、嫌われているとは考えられない。

（やっぱり、俺の将来を考えて……）

　八つも年下でなければ、二十五の若造でなければ、彼女もそこまで気にかけなかったのではないか。

（そうだよ……もともと俺の家のことなんだし、義姉さんだけがつらい思いをする必要はないんだから）

　思わず涙ぐんだ瞬間、痺れを切らした源一郎が憮然《ぶぜん》とした表情で呟いた。

「……強情な奴め」

「だ、旦那様ぁ」

　今度は、顔面を聖水まみれにした平助が薄気味悪い声をあげる。

「奥様のほと、清めてもよろしいでしょうか？」

「なんだ!?」

「何っ!?」

颯太も、心の中でまったく同じ言葉を叫んだ。

丸坊主の使用人は茉奈美のときも同様のおねだりをし、源一郎はすかさず却下したのである。

愛する人の大切な秘部を、醜悪な男に舐めさせてたまるか。

憤然とした直後、父はにやりと笑い、小夜子に究極の選択を突きつけた。

「あいつとの結婚を承諾すれば、やめさせるが……どうする？」

イエスの言葉を返してほしい。

心の底から願ったものの、彼女は依然として口を噤んだまま、艶めいた唇が開くことはなかった。

「はふぅ、はふぅ！」

平助は頭を起こし、早くも鼻息を荒らげる。しかも自らブリーフを引き下ろし、またもや貧弱な勃起をしごきたてた。

彼の下腹部は小夜子の身体の陰に隠れ、父はまだ気づいていないようだ。

「スケベ坊主！　まだ、待てだぞっ!!」

「はひっ、はひっ！」

「小夜子、熱い息がかかってるんじゃないか？　あともう少しで、使用人におマ×コを舐められちゃうんだぞ！　いいのか!?」

「く、くうっ」

源一郎が眉尻を吊りあげ、顔面の血管を膨らませる。ついに堪忍袋の緒が切れたのか、広間に怒声が飛び、空気がピンと張りつめた。

「ここまで言っても、わからぬか！　平助、好きにしろっ!!」

「はいぃぃっ！」

平助がタコロで女陰に吸いつき、淫裂に沿って舌を上下させる。

「あ……やぁあぁっ」

小夜子が腰をくねらせるなか、美津子は背後から手を伸ばし、頂上の尖りを指先でピンと弾いた。

「ひ、ひぃぃぃっ」

「ホントに、何をそんなに強情を張ってるんだか……クリちゃんも、こんなにおっ勃たせてさ」

獣欲モードに突入した肉便器は顔を振りまわし、ナメクジのような舌で女肉を隅々まで舐《ねぶ》りまわす。

「はひっ、はひっ、奥様！　わたくし、前々から憧れてたんです！　幸せすぎて、いつ死んでもいいですっ!!」

「何っ、貴様！　使用人の分際で、そんな厚かましいことを考えていたのか!?」

このときばかりは、源一郎と気持ちは同じだ。

(あの野郎！　クビにしたくらいじゃ、腹の虫が治まらねえっ！)

主人の雄叫び声が耳に入らないのか、平助は股の付け根に顔を埋め、愛液をじゅるじゅる啜りあげた。

「あぁぁ……いやぁぁぁっ」

小夜子は嫌悪を露にするが、厚みのある腰をもどかしげにくねらせる。

ねちっこいクンニリングスがそれなりの快美を与えているのか、いつしか目元が赤らんでいた。

「はっ、くっ、ン、ふぅぅっ！」

「ほほほっ、小夜子さん……使用人にそこまで思われるなんて、女冥利に尽きるんじゃやない？」

美津子が皮肉たっぷりに言い放ち、ロープのあいだからくびり出た乳房を丹念に揉みしだく。両指がしこり勃った乳頭をつねりあげると、小夜子は鼓膜を突き刺すような悲鳴をあげた。

「いっ、ひぃいぃいぃいっ！」

汗の皮膜をまとわせ、照明の光を反射してぬらぬらと輝く肢体はあまりにも扇情的だ。

小さく震える睫毛、虚空をさまよう視線、悩ましげな表情も男心を射抜き、今では颯太もすっかり昂奮の坩堝《るつぼ》と化していた。

（ね、義姉さん……ひょっとして……感じてるの？）

体温の上昇とともに喉が干上がり、怒張がドクドクと熱い脈動を訴える。

このあとは、どんな展開が待ち受けているのか。堪えきれない放出願望に身を焦がす最中、源一郎がかぶりを振って溜め息をついた。

「はあぁっ、まさかお前が、ここまでわしに逆らうとは思ってなかったぞ。まあいい……いくら意固地を通したところで、堕《お》ちるのは時間の問題だからな……女将っ！」

「は、はいっ！」

「あとのことは頼んだぞ、状況に変化があったら、すぐに連絡してくれ」

「か、かしこまりました」

「平助、行くぞ」

「はふっ、はふっ、奥様のおマ×コ、おいしい、おいしすぎますぅっ!!」

「おい！　いつまでかぶりついてんだ、やめんかっ!!」

理性が吹き飛んでいるのだろう、坊主頭の男は股間に吸いついて離れない。

源一郎は顎に手を引っかけ、小夜子の下から丸っこい身体を強引に引きずりだした。

「ああ、おマ×コがぁあぁっ！」

平助はいまだにペニスをしごいており、大声をあげてギョロ目を剝く。

「こ、こいつ、またセンズリしおって！」

「奥様、奥様ぁぁっ……あ、うっ、くわっ！」

どんぐりのような亀頭の先端から白濁液が高々と噴出し、彼自身の顔面にぶちまけられた。

「うぼっ、ぶふぁ！」

「このバカタレがっ！」

源一郎は脱ぎ捨ててあった平助のズボンからタオルを抜き取り、顔面に放り投げる。そして声を荒らげ、肩のあたりを右足で蹴《け》りあげた。

「早く服を着んか！　帰るぞっ」

「しゅ、しゅみません！」

幸いにも、父は最後まで小夜子に手を出さなかった。

最悪の事態は免れ、安堵の胸を撫で下ろす。

実子の嫁になる可能性があるだけに、さすがの無法者にもモラルが働いたか。

（なんにしても……よかった）

集会所に残るのは自分と小夜子、そして美津子の三人だけなのである。

動きやすいし、女将一人なら、愛する人を容易に助けだせそうだ。

それでも動悸《どうき》はいっこうに収まらず、ペニスは相変わらず痛みを覚えるほど突っ張っていた。

（チ、チ×ポが、全然小さくならない……いったい、どうしちまったんだ？）

源一郎と衣服を着た平助が正面側の襖を開け、広間から出ていく。

（まさか……トイレに寄ってから帰るってことはないよな？）

その場から離れ、浴室に飛びこむ準備を整えたところで、L字形の廊下の向こうから扉を開ける音が聞こえてきた。

身を屈めて様子をうかがえば、真正面の窓越しに父と使用人の歩く姿をとらえる。間違いなく、二人は集会所をあとにしたのだ。

果たして、美津子はどんな方法で小夜子を屈服させるつもりなのだろう。

（い、いや……すぐにでも……やめさせなきゃ）

理性を懸命に手繰り寄せたものの、下世話な好奇心はどうしても隠せず、颯太は生唾を飲みこみながら再び襖に近づいた。

隙間に目を寄せ、室内を探った刹那、いやな汗が背筋を伝う。

（あ、あれ？）

ロープに縛られた小夜子が一人項垂《うなだ》れたまま、美津子の姿がどこにも見当たらない。視線を左右に振って確認するも、視界には限界があり、どういう状況なのかまったく把握できなかった。

（どこに行ったんだ？　少しだけ開けてみるか）

竪縁に指をかけた直後、予想外の出来事に肝を潰す。

襖がいきなり開け放たれ、妖しげな微笑をたたえた女将がそばに佇んでいたのである。

4

「あ、ひっ！」

突然の出来事に驚愕し、大きく後ずさる。

美津子は余裕綽々の素振りで、かなり以前から覗き見に気づいていたとしか思えない。

「私ね、勘がいいの。襖の向こうから、熱気がムンムン伝わってきたわよ。あなたは桐生家の総領なんだから、そんなとこで覗いてないでお入りなさいな」

「あ、あ……」

腕を摑まれ、室内に引っ張りこまれるも、小夜子は気を失っているのか、相変わらず項垂れたままだ。

ヒップはいまだに宙に浮かんでおり、まずはロープを外してやらなければ……。

心配げに歩み寄ると、低いモーター音が耳に届き、颯太は怪訝な表情で立ち止まった。

「ね、義姉さん……大丈夫？」

「ふふっ、あそことお尻の中にピンクローターを仕込んだのさ。強力な媚薬をたっぷり塗りつけたやつをね」

「なっ……!?」

あたり一面にはふしだらな匂いと熱気が充満し、股の付け根から畳に向かって愛の雫がポタポタと滴り落ちている。

「誤解しないでちょうだい。颯太くんと小夜子さんの結婚、私は応援してるんだからね」

「だ、だからって、こんなやり方……ひどいじゃないですか」

「何言ってるの、あなただって、覗きながら昂奮してたんでしょ？　こんなにおっ勃たせておいて」

「あ、うっ！」

柔らかい手のひらが股間の膨らみを撫であげ、青白い性電流が背筋を這いのぼる。美津子はすかさず腰を落とし、ジーンズのジッパーを引き下ろした。

「あ、あ、あ……」

紺色の布地がトランクスごと捲られ、硬直の怒棒が反動をつけて跳ねあがる。前触れの液が透明な糸を引き、牡のムスクが自身の鼻先まで立ちのぼった。

「あらあら、おっきいわ、さすがは桐生家の正当な跡取りね。今のご当主様はもちろん、先代とも引けを取らないわ」

衝撃の事実に、言葉が見つからない。

美津子は源一郎ばかりでなく、竜太郎とも男女の関係を結んでいたのだ。

(こ、こんなの……正気の沙汰じゃないよ)

床柱に向かおうとしたものの、なぜか身体が動かず、ペニスだけが頭をブンブン振った。

「私にすべて任せて……ねっ？　悪いようにはしないから」

源一郎の意に沿えば、旅館の経営はこれからも安泰を約束され、女将にとっては大きなメリットになる。そんな人物の言葉など信用できるはずもなく、颯太は小夜子の救出に神経を集中させた。

ところが足を踏みだそうにも、ズボンと下着が足首に絡みついてままならない。

前のめりによろめいた瞬間、Tシャツを頭から脱がされ、上半身裸にされる。

美津子はペニスを握りこむや、ふっくらした唇を裏茎に押し当て、軽やかなキスを何度も見舞った。

「はふン、すごいわ……青筋がいきり勃っちゃって、コチコチじゃない……久しぶりに楽しめそうだわ」

　露天風呂の光景が、いやでも頭を掠める。叔父相手のセックスでは、やはり女盛りの未亡人は満足できないのだろう。

「はぁぁン、いい匂い……もうたまらないわ」

「はううぅ！」

　美津子はうっとりした顔で鼻をひくつかせたあと、肉棒をぱっくり咥え、喉の奥まで一気に引きこんだ。

「うぷっ、ぐぷっ、ぶぷぷっ！」

　突然のディープスロートに驚嘆する一方、ねっとりした口腔粘膜《こうくうねんまく》が肉筒を包みこみ、舌先が縫い目を掃くたびに膝がわななく。

　女将が顔を引くと、大量の唾液がつららのように滴り、パンパンに張りつめた肉棒が玉虫色に輝いた。

「ぶっ、ぶっ、ぷぷぅぅっ！」

　濁音混じりの吸茎音を響かせ、怒濤のバキュームフェラが開始される。

　首をローリングさせ、螺旋状の刺激を吹きこみ、腰まで持っていかれそうな口戯に気が昂った。

（あぁ、な、なんちゅうフェラを……）

美津子は顔を打ち振りつつ長襦袢の紐をほどき、たわわな乳房をさらけ出す。肉付きのいいボディライン、生白い肌に漆黒の恥毛。静江に勝るとも劣らぬ豊熟の肢体に颯太の男がそそられた。

「ンっ！　ンっ！　ンっ！」

美津子は鼻から小気味いい息継ぎを繰り返し、苛烈な口唇奉仕で性感を追い詰めていく。

（や、やばい……このままじゃイカされちゃう）

腰に甘美な電流が走るなか、横目で探れば、小夜子はいまだに頭を垂れていた。思考が煮崩れしだすも、彼女の前で無様な姿は見せられない。

床の間まで、わずか二メートル。やはり足は動かせず、颯太はやるせない表情で歯列を嚙みしめた。

それにしても、美津子はどういうつもりなのか。

応援すると言っておきながら、破廉恥な行為に打って出るとは……。

これでは小夜子の心を解かすどころか、逆効果としか思えない。

（あぁ、くそっ、どうしたんだ……手足がピリピリ痺れて、身体が思うように動

かないぞ）

美津子はペニスを口から吐きだし、上目遣いにあだっぽい眼差しを向ける。そして長襦袢を肩からすべり落とし、颯太の胸を片手でそっと押した。

「あ、あ……」

バランスを失い、畳に尻餅《しりもち》をつけば、彼女は舌舐めずりして這い寄り、足を広げて腰を跨がる。

（う、嘘だろ！）

目をしばたたかせたとたん、熟女は怒張を垂直に立たせ、濡れそぼつ女の裂け目に導いた。

（あ、あ、入っちゃう、入っちゃう！）

宝冠部が厚みのある陰唇を割り開き、卑猥な肉擦れ音とともに膣内に埋めこまれていく。

「はふぅ、颯太くんの……すごくおっきいわ……なかなか入らない……ンっ⁉」

まろやかなヒップが沈みこむと、雁首が入り口をくぐり抜け、膣道をズブプッと突き進んだ。

（く、おおっ）

とろとろの媚肉は早くもうねりくねり、男根を先端から根元までまんべなく揉みしごく。

悦の声はあげられない。小夜子に気づかれたら、この状況を説明できるはずもなく、非難されても返す言葉がないのだ。

(な、なんとかしないと……でも、騎乗位で挿入されたんじゃ逃げられないし、どうすれば……あ、ぐうっ)

こちらの心の内など知るよしもなく、美津子は肉厚のヒップをドスンドスンと打ち下ろした。セミロングの髪を振り乱し、巨乳がワンテンポ遅れて上下するほどの凄まじさだ。

「ああっ、いい、いいわ！　颯太くんのおチ×チン、気持ちいいとこにグリッと当たるのぉ、すごい、すごいわぁ！」

甲高い嬌声が室内に反響し、小夜子の肩がピクンと震える。

(や、やばい……義姉さんに気づかれる!!)

脂汗が額から滴り落ちた瞬間、憧れの美女は顔を上げ、涙で潤んだ瞳を真っすぐ向けてきた。

(お、終わったぁっ！)

悲愴感にまみれたのも束の間、彼女の顔つきにギョッとする。

虚ろな眼差しに頬は林檎《りんご》のように染まり、しかも唇のあわいで舌先を物欲しげにすべらせたのである。

よくよく考えてみれば、美女の膣内と肛穴には媚薬を塗られたローターが埋めこまれているのだ。今の彼女は快楽の海原に放りだされ、まともな理性など働かないのではないか。

身体ばかりか、美貌も汗でぬらつき、淫らな発情臭を全身から発散させているとしか思えなかった。

（な、なんて……エッチな顔で見るんだよぉ）

蔵で肌を合わせたときとは比較にならぬ色気に、剛槍がひと際反り勃つ。

「はあぁぁぁっ、このおチ×チン、たまらない、たまらないわぁ！　クセになりそう!!」

美津子は颯太の太腿に後ろ手をつき、両足を目いっぱい広げる。

（あ、あぁっ！　な、なんてことを!?）

小夜子の位置から挿入部は丸見えのはずで、ねっとりした眼差しが羞恥の源に注がれる。倒錯的な昂奮が性感をなおさら撫であげ、睾丸の中のザーメンが出口を求めて暴れまくった。

「ふふっ、ほら、小夜子さん、見てごらんなさい。おっきなおチ×チンが、おマ×コの中にずっぽり入ってるわ」

「あ、あぁ……」

美麗な義姉は喉をコクンと鳴らし、脇目も振らずに一点を注視する。

「はあ、気持ちいい……颯太くんといっしょになる気があるのなら、すぐに交代してあげてもいいわよ」

美津子の狙いは、小夜子が快楽地獄にのたうちまわるなかで首を縦に振らせることにあったのだ。

(そ、そうか、そうだったのか。でも、こんなやり方で了承されても……うれしくないよ)

苦々しい思いに顔をしかめるも、下腹部には性欲の嵐が渦巻いている。

女将が豊熟のヒップを揺すりまわすと、颯太も悦楽の奔流に足を掬われ、愉悦の世界に引きずりこまれていった。

「ああ、だめっ、もう腰が止まらないわ！　イクっ、イッちゃう!!」

「う、ぐっ！」

美津子は大股を広げたまま、バツンバツンとヒップを叩き下ろす。しっぽりした媚肉の連なりが男根を揉み転がし、腰に熱感が走り抜ける。

(ああっ、すごいピストン……こんなの我慢できるわけないよぉ)

ありったけの力を込めて踏ん張るも、とろとろの柔肉はちっぽけな自制心を吹き飛ばすほどの快美を吹きこんだ。

「……かはっ」

下腹部が浮遊感に包まれ、強大な電流を流されたかのように身が痺れる。

「ああンっ！　イグっ、イグイグっ、イッちゃうぅぅンっ!!」

恥骨が前後に激しくスライドし、膣内粘膜が男根をキューッと締めつけた。

(あああぁ、も、もうだめだぁ！)

青筋がビクビクと脈打ち、白濁のエキスが輸精管をひた走る。

美津子はすかさずヒップを浮かし、抜群のタイミングでペニスを膣から引き抜くや、淫蜜にまみれた胴体を猛烈な勢いでしごいた。

「あ、ぐ、くおぉぉぉっ！」

「出して！　たくさん出すとこ、見せてぇぇっ!!」

「ぬ、おぉぉぉっ」

尿道口から一直線に放たれたザーメンが、宙で不定形の模様を描く。堪えに堪えた欲望の排出は一度きりでは終わらず、二発三発四発と飽くことなき放出を繰り返した。

「……あぁっ」

小夜子が哀れみの声を洩らすも、今は耳に入らない。

「すごい、すごいわ……まだ出る」

射精は八回目を迎えたところでストップし、颯太は恍惚《こうこつ》にまみれたまま、いつまでも全身をひくつかせた。

「すごいわぁ……こんなにたくさん出しても、まだ勃起したままよ。あと、三回ぐらいはイキそう……きゃっ」

美津子は皮を鞣《なめ》すように根元から絞りあげ、尿管内の残滓《ざんし》がピュッと跳ねあがる。そして身を屈め、お掃除フェラで汚れたペニスを清めていった。

「ああ、女将さん……あ、あたしにも……」

「ふふっ、ほしいの？」

「ほしい、ほしいですっ！」

「じゃ、颯太くんと再婚するのね？」

小夜子がどう答えたのか、どんな反応を見せたのか、気を失っていた颯太にはわからない。ただ畳を歩く音だけが微かに聞こえ、やがて男の分身にまたもや甘美な感触が走った。

「ん、んんっ」

目をうっすら開けると、拘束から解放された小夜子がペニスを愛おしげに舐り、美津子は首筋に飛び散った精液を長い舌で掬い取っていた。

「あら、気がついたの？」

「あ……ああっ」

頭の中はいまだにぼんやりしたまま、すぐには思考が働かない。熟女は艶然とした微笑をたたえ、耳元に唇を近づけて囁いた。

「昂奮したでしょ？　身体、熱くてピリピリしてない？」

「……え」

「ふふっ、強力な媚薬入りのお茶、たっぷり飲んだのね」

思いがけぬ言葉に眉をひそめ、記憶の糸を手繰り寄せる。

(お茶って、いったいなんだよ……酒しか飲んでないのに……あ、あ)

握り飯を食べたとき、ポットの中の茶を確かに飲み干した。

まさか、あの中に媚薬が入っていたというのか。

(そ、それじゃ……)

小夜子は最初から美津子と通じていたことになり、それは即ち源一郎にも筒抜け状態を意味するのだ。

思い返せば、父の最大の目的は桐生家の血筋を絶やさないことであり、小夜子に一人息子の説得を厳命した。

もしかすると、成果があがらないと判断し、計画を練ってひと芝居打ったのではないか。

(い、いや、そうだとしても……優しい義姉さんが、こんなひどいことされてまで協力するなんて考えられないよ)

疑念を頭から振り払い、何気なく正面側の襖に目を向けた刹那、颯太は身の毛もよだつ恐怖に頬を強ばらせた。

いつの間にか襖が数センチ開いており、隙間からギラギラした目が覗いていたのである。

エピローグ

血が凍りつき、愕然とした表情で身を竦める。

源一郎は帰宅を装い、戻って様子をうかがう頃合いを見計らっていたのだ。

息子に跡を継がせる目的に加え、かつての性欲を取り戻す一石二鳥を狙ったに違いない。

（お、親父!?）

血走る目、眼光の鋭さは人間のものとは思えず、あまりの業の深さに颯太は恐れおののいた。

「ねえ、次はあなたが私の愛人になってもらえないかしら？　ううん……遊びでもかまわないわ。もちろん、精いっぱい尽くすから、ねっ？」

美津子は、すでに源一郎の存在に気づいているのだろう。周囲に聞こえぬよう、耳元で告げるも、心が千々に乱れて頭に入ってこない。

（ね、義姉さんも……知ってるってことだよな……そんな……なんで……いったい、どういうつもりなんだよ）

小夜子の心を推し量れぬまま、颯太はただ茫然自失《ぼうぜんじしつ》した。

彼女は愉悦に満ちた顔をゆったりスライドさせ、上下の唇でペニスを丹念に舐りまわす。

ちゅぷっ、くちゅ、ちゅぴっと猥音が響き渡るも、性感はボーダーライン間際で停止したまま、のぼりつめることはなかった。

「は、ふぅぅンっ……はあはあっ」

小夜子は口から怒張を吐きだし、身を起こしざま大股を開いて腰を跨ぐ。目はもう焦点が合っておらず、濡れた唇がこの世のものとは思えぬ色香を放った。

(あ、あ……う、嘘だっ)

源一郎は淫虐の血を騒がせ、今まさに兄嫁と義理の弟の背徳の関係を目に焼きつけようとしているのだ。

このまま、あの男の思いどおりにさせてたまるか。

身を起こして制そうとした瞬間、美津子の女陰が視界を遮り、すっかり溶け崩れた媚肉が顔面を覆った。

「あっ、ぶっ!」

「はあぁ、またほしくなってきちゃったわ。舐めて、舐めてぇっ!」

恥液でぬるぬるの肉びらが鼻面と口に押しつけられ、ヒップが大きくグラインドする。酸味の強い味覚が口中に広がり、乳酪臭が鼻腔を突きあげる。

(こんなことやってる場合じゃないよ！　どいて……あ、ぐうっ)

押しのけたくても、全体重をかけられているため、グラマスな肉体はビクともしない。

「……むうっ」

息苦しさは半端でなく、恥骨の下で呻いた直後、男根がえも言われぬ快美に包まれた。

灼熱の媚肉が亀頭冠から雁首、そして胴体にすべり落ち、脳みそが蕩けそうな快感に性欲本能が掻き立てられる。

疑う余地もなく、小夜子は牡の肉を膣内に招き入れたのだ。

(あぁっ、な、なんてこった！)

片や顔面騎乗、片や騎乗位でペニスを蹂躙され、不本意ながらも夢にまで見た男のロマンに胸が騒いだ。

過激な3Pは、源一郎にも多大な昂奮を与えているのではないか。

怒張が根元を支点にぐるぐると引き転がされ、性感がいやが上にも沸点に導かれる。

「あぁぁっ、はああっ、いい、いいわぁ」

小夜子は艶声を張りあげ、今度は上下のピストンからヒップを打ち振った。

バッチンバッチンと肉の打音が高らかに鳴り響き、腰骨が折れそうな激しさに身震いする。

淑《しと》やかで清らかな義姉が、こんな苛烈なスライドを繰りだし、自ら肉欲を貪ろうとは……。

彼女の様子が見られないだけに、同一人物とはとても信じられない。

(ホ、ホントに……義姉さんなのかよぉ)

かぐわしい淫臭が脳神経を麻痺させ、快感の暴風雨が股間の中心で吹き荒れる。

小夜子の律動はさらに加速し、あまりの快美に身も心も翻弄される。

(はあっ……だ、だめだ……も、もうイッちゃう)

意識が薄れかける頃、遠くでガタンと大きな音が響き、続いて美津子の悲鳴が空気を切り裂いた。

「あ……ご当主様ぁっ!」

「ぷふぁっ!!」

淫肉が口元から離れ、新鮮な空気が肺をいっぱいに満たす。

美津子が走りだした方向にぼんやりした視線を向けると、襖が倒れ、源一郎が仰向けの状態で寝転がっていた。

股間の中心が巨大なテントを張っており、目や口は大きく開いたままだ。

集会所の表玄関に立っていた平助も扉を開け、主人のもとに駆け寄る。

「旦那様ぁぁっ！」

父の身に何かしらの事態が起きたのだろうが、小夜子の目には入っていないのか、ひしと抱きついてきた。

「あ、くっ、ね、義姉さん、こんなことしてる場合じゃないよ。親父が……む、むふぅっ」

美女は唇に貪りつき、ヒップをさらに揺すりあげる。そして頭を起こし、震える声で答えた。

「颯太くんのこと、好き、大好きよ……でも、あたし……人に見られてないと、昂奮しないの」

「……え？」

「普通のセックスじゃ、燃えない身体になっちゃったのよ」

やはり小夜子は源一郎に経緯《いきさつ》のすべてを伝え、淫虐なシチュエーションを用意させたのだろう。

父や女将が生粋のサディストなら、今の彼女は典型的なマゾヒストなのだ。

下腹部から微かなモーター音が鳴り響き、畳には愛液にまみれたピンクローターがひとつだけ転がっている。

(お尻のほうは、抜いてないんだ……おマ×コとアヌスの両方で感じてるんだ)

愕然とするなか、美津子の甲高い声が耳をつんざいた。

「息をしてないわ！　平助、瀬川先生を呼んできてっ！」

「は、はいぃぃっ！」

「ご当主様、しっかりなさってくださいっ!!」

平助が広間を飛びだし、美津子が心臓マッサージを始める。

性的な昂奮による心臓発作か、それとも脳出血を引き起こしたか。なんにしても、只事でないのは一目瞭然《いちもくりょうぜん》だ。

「ね、義姉さん、待って……」

「私もね、もう桐生家の人間なのよ」

「ちょっ……あうっ！」

源一郎の顔がチアノーゼを起こしても、小夜子は意に介さずに大股を広げる。そして蹲踞《そんきょ》の体勢から、まろやかな豊臀をドスンドスンと打ち下ろした。

「ああ、いい、颯太くんのおチ×チン、奥に当たるわ！　深い……や、はぁあぁあぁあっ!!」

「ぐ、ぐ、ぐふぅっ」

恥骨が猛烈な勢いで上下し、男根が膣内粘膜に揉みくちゃにされる。性感がボーダーラインを飛び越え、熱い塊が内から逆巻くように迫りあがる。

小夜子は口から涎を垂らし、恍惚の表情でヒップをこれでもかと振りまわした。淫欲に取り憑《つ》かれた容貌に目を見張り、総身が粟立《あわだ》つ。

「突いて！　おマ×コ、ガンガン突いてぇぇっ!!」

清廉な美女が、恥じらうことなく女性器の俗称を口にするとは……。

言葉どおり、彼女はいつの間にか桐生の血にすっかり染まっていたのだ。

（あぁ、こんな、こんな……俺、どうすりゃいいんだよぉ）

泣き顔で嘆いても、股間に吹き荒れる快感は怯まず、さらなる高みへといざなわれた。

「あぁンっ、イクっ、イッちゃいそう」

「はあぁぁっ、ね、義姉さん！　そんなに腰を動かしたら……あ、ぐうっ!!」

ピストンの回転率が増し、これまで経験したことのない肉悦が波状的に襲いかかる。膣への抜き差しを繰り返す剛槍が反り返り、青筋が張り裂けんばかりに膨らむ。

収縮する媚肉が雁首を強烈にこすりあげた瞬間、白い閃光《せんこう》が脳裏で瞬き、四方八方に飛び散った。

「ああっ、イクっ、イッちゃうよ」

「私もイクっ、イクっ、おマ×コ、イッちゃう……あ、お、おおぉぉぉっ!!」

獣じみた嬌声が室内に轟き、快感の津波が戸惑いと戦慄《せんりつ》を一気に呑みこむ。

大口を開け放った颯太は、残るありったけの子種を淫婦と化した美女の中にぶちまけた。

＊この作品は、イースト・プレス悦文庫のために書き下ろされました。

イースト・プレス
悦文庫

旧家の熟れ嫁

早瀬真人《はやせまひと》

２０２２年5月22日　第1刷発行

企　画　松村由貴（大航海）

発行人　永田和泉
発行所　株式会社　イースト・プレス
〒１０１－００５１
東京都千代田区神田神保町２－４－７ 久月神田ビル
電　話　０３－５２１３－４７００
ＦＡＸ　０３－５２１３－４７０１
https://www.eastpress.co.jp

印刷製本　中央精版印刷株式会社
ブックデザイン　後田泰輔（desmo）

ISBN978-4-7816-2077-0 C0193